Die Gesellschaft der Hunter

von Martus Belentor

Buchbeschreibung:

Mein Name ist Steven Moore, ich arbeite für die West Coast Insurance. Abteilung Schadenfeststellung.

In Wirklichkeit bin ich ein Hunter. Wenn sie vom Yeti lesen, oder der Sichtung von Außerirdischen, können sie sicher sein, das schon ein Hunter vor Ort ist und den Fall untersucht.

Die Gesellschaft der Hunter

Steven Moore

von Martus Belentor

Verlag: BoD · Books on Demand GmbH,

In de Tarpen 42, 22848 Norderstedt,

bod@bod.de

Druck: Libri Plureos GmbH,

Friedensallee 273,22763 Hamburg

1. Auflage, 2024

ISBN: 978-3-7693-2802-8

Inhaltsverzeichnis

Ein Tag im Sumpf

„Ich geh dann Angeln und versuche ein paar Orchideen zu finden. Wenn ich heute nicht zurück komme, bleibe ich auf der Köderinsel". „Ist in Ordnung Schatz, aber übertreib es nicht wieder mit dem Selbtsgebrannten von Sam". Tom lachte „aber ich habe eh nur eine Flasche dabei um mich warm zu halten". „Tom" erwiderte Mandy in ihrem ganz persönlichem Meckerton. Aber Tom zuckte nur mit den Schultern, während er die Tür schloss. Er ging um das Haus und stieg in sein Flachboot. Dann verstaute er seine Angeln und den Rucksack.

Tom schaute nochmal zurück und seufzte. Er musste bald wieder was am Haus machen, aber dafür braucht er ein paar wirklich Gute Orchideen. Er überlegte kurz und hatte sich dann entschieden, eine andere Strecke zur Köderinsel zu fahren. Er setzte sich und startet den kleinen Außenbordmotor.

Tom kannte den Sumpf des Mississippi wie seine Westentasche. Er wusste von, wo man sich verhielt und wo es sicher war. Aber eine neue Strecke auszuprobieren war auch für ihn etwas neues. Aber er brauchte Geld für Baumaterial. Schon bald entdeckte er eine Lücke, die groß genug war, um vom Flussarm abzuweichen. Er hielt drauf zu und klappte den Außenbordmotor ein. Dann griff er sich die lange Stange, um sich zwischen den Bäumen durch zu schieben. Normalerweise hätte er noch eine Stunde auf dem Flussarm weiter fahren müssen, um dann links zur Köderinsel abzubiegen. Aber er wusste, das auf der Strecke nichts zu holen war. Also stakte Tom zwischen den Bäumen umher auf der Suche nach etwas Brauchbarem.

Nach gut einer Stunde lief ihn ein Schauer über den Rücken, er hatte das unbestimmte Gefühl beobachtet zu werden. Es schien ihn etwas aus den Tiefen des Sumpfes heraus zu beobachten. Etwas nicht menschliches, etwas nicht greifbares. Solch ein Gefühl hatte Tom noch nie gehabt. Er sah sich wachsam um, entdeckte aber nichts. Das Gefühl blieb eine ganze weile und Tom meinte zwischendurch das Platschen von Enten zu hören. Vielleicht Wildenten, aber wurden sie aufgeschreckt oder landeten grade.

Am Himmel war weder eine Wolke noch eine Ente zu sehen. Kurz vor der Köderinsel hörte das Gefühl plötzlich auf.

So als wäre er nicht mehr interessant genug für das was auch immer ihn beobachtet hat. Der Umweg hatte sich nicht, keine einzige Orchidee und dazu dieses Gefühl. Entsetzlich war das treffendste Wort dafür. So erreichte er zwei Stunden später die Köderinsel. Nachdem er das Schilf durchbrochen hatte legte er an stellte fest das keiner von den anderer hier war. Ob es etwas mit den Gerüchten zu tun hatte, schoss es Tom plötzlich durch den Kopf. Boote die im Sumpf trieben, oder ganz verschwanden.

Er legte an und schüttelte sich, während er dachte. Das sind bloß Gerüchte, wie vom Sumpfmonster oder den Riesenalligator. Blödsinn, den sich jemand ausgedacht hat, der einen über den Durst getrunken hat und sich vor seinem eigenen Schatten fürchtet. Aber ein Rest zweifel, blieb in seinem Hinterkopf hängen, nach dem, was er im Sumpf gefühlt hat. Zumindest hier war noch alles in Ordnung.

Die Kisten standen in der Mitte der Insel und Feuerholz lag auch bereit. Er durfte nur nicht vergessen, es morgen wieder auf zu füllen.

Dann bereitet er sein Lager vor und baute die Angel zusammen. Er hatte noch genug zeit, bevor es dunkel wurde. Also griff er seine Köder und ging zur nördlichen Seite der Insel. Da viel das Ufer steil ab, darum war das die beste stelle zum Angeln. Er war die Angel aus und entspannte sich. Leider biss einfach nichts an, obwohl es hier sonst vor Fischen wimmelte. Frustriert packte er bei Einbruch der Nacht die Angel zusammen. Er griff sich die Flasche mit dem Selbstgebrannten und spülte seinen Ärger runter.

Später in der Nacht war die Flasche mit dem Selbstgebrannten fast zu hälfte geleert. Tom saß am Feuer das hell leuchtete und dachte nach. Keine Orchideen, keine Fische. Es war wie verhext, ob der Sumpf sie nicht mehr ernähren wollte?. Tom verspürt ein Gefühl und stand schwankend auf. Der Selbstgebrannte hatte es echt in sich. Langsam und tief atmend ging er Richtung Sumpf. Plötzlich erstarrte er, es war wieder da. Das Gefühl von heute Mittag. Etwas beobachtet ihn, aber er konnte spüren, das es nicht allein war. Tom sah sich um, entdeckte aber nichts. Er drehte sich um und wankte wieder zum Feuer. Pinkeln musste er nicht mehr, etwas hatte seine Gedärme zusammen geschnürt. Schnell legte er noch mehr Holz nach, damit es heller wurde. Das hätte er lieber lassen sollen, den jetzt spiegelten es sich in unzählige Augen im Sumpf, die ihn betrachtete. Es waren kleine böse Augen, die rot zu funkeln schienen. Dann erhob sich aus dem Sumpf ein grässliches Wesen. Etwas warmes rannte seine Beine hinab und Tom drehte sich um, um zu rennen.

In seinem vernebelten Kopf viel ihm nicht ein auf das er einer Insel war. Er wollte einfach nur weg von dem Wesen, was sich grade im Sumpf gezeigt hatte. Er rannte auf einen Baum zu. Sein Verstand riet ihm, hinauf zu klettern, dort wäre er bestimmt in Sicherheit. Leise drang ein Geräusch über seine Ohren in sein Hirn vor. Das Geräusch vieler Pfoten auf dem grasbewachsenen Boden. Er wagte kein Blick zurück, sein Hirn flehte ihn an, den Baum zu erreichen. Dann schlug ihn etwas die Beine weg. Tom stürzte und schlug hart auf dem Boden auf. Er hatte den Baum fast erreicht. Aber eben nur fast. Als er sich umdrehte, drang sein Schrei durch die Nacht. Ein schrei, der so voller entsetzen war, das jedem angst und Bange geworden wäre. Leider hörte niemand Toms schrei und als der plötzlich verstummt wunderte sich nur Tom. Er hatte noch etwas langes auf sich zufliegen gesehen. Dann hatten die Krallen seinen Hals zerfetzt. Warmes Blut schoss aus Tom Körper und vermischte sich mit dem Urin und dem Sumpfwasser, das von dem Wesen tropfte.

Als Tom auch am dritten Tag nicht nach Hause kam, startete man ein große suche. Die ganze Siedlung half mit, der Sumpf wurde in Richtung der Köderinsel abgesucht. Dann fand man sein Flachboot an der Köderinsel und die heruntergebrannte Feuerstelle. Vom Tom fand man keine Spur. Seine Angel und sein Rucksack, auch seine Decke waren unberührt. Also musste es ein Tier gewesen sein, da keine seiner Sachen fehlte.

Die Geschichte über den Riesenalligator oder das Sumpfmonster machten die runde, keiner fuhr mehr zur Köderinsel. Die Bewohner suchten andere Stellen zur Jagd oder zum Angeln. Nur Mandy blieb zurück und verbrauchte ihren Vorrat an Selbstgebrannten. Nach gut einer Woche hörten sie, das noch jemand verschwunden sei. Ein paar Meilen weiter flussaufwärts soll ein Jäger verschwunden sein. Nur sein Boot wurde angetrieben gefunden. Auch hier verlief die Suche erfolglos.

Das riss Mandy aus ihrer Erstarrung und sie machte sich auf den Weg in die Stadt. Sie fuhr zwei Tage später mit Walter mit, der Vorräte kaufen wollte. Walter setzte sie vor dem Gemischtwarenladen ab. „Also Mandy du willst das wirklich tun?" Fragte er. „Ja, jemand muss heraus finden was dort im Sumpf passiert. Es verschwinden immer mehr Leute. Das kann nicht so weiter gehen". Walter nickt. „Gut ich warte hier auf dich, aber versprich dir nicht zu viel davon". Mandy straffte sich und rückte ihr Kleid zurecht.

Dann ging sie über die Straße in Richtung des Polizeireviers. Angekommen atmete sie noch mal durch und ging dann rein.

„Guten Tag, Mis. Kann ich ihnen weiter helfen?" Fragte der Polizist am Empfang. „Ja, ich möchte meinen Mann als Vermisst melden". „Ihr Mann verstehe, ich rufe gleich jemand. Einen Moment bitte. Nehmen sie doch kurz platz bitte". „Danke" sagte Mandy und setzte sich auf eine Bank. Schon nach kurzer Zeit erschein ein Polizist. „Entschuldigen sie bitte. Sie wollen jemand als vermisst melden?" Fragte er Mandy. „Ja, mein Mann ist verschwunden". Der Polizist hob die Augenbraue und sah sie an. „Würden sie mir bitte folgen". Mandy erhob sich und folgte den Polizisten in ein kleines Büro. Dann zeigte er auf einen Stuhl und Mandy nahm Platz. „Würden sie mir bitte erklären was passiert ist".

Mandy begann zu erzählen, was passiert war. Das er nicht wieder kam, auch die erfolglose Suche. Das jetzt noch jemand verschwunden ist. Der Polizist sah nicht wirklich interessiert aus. Sie merkte schnell, wie seinen Fragen versiegten. „Kann es nicht sein, das er einfach abgehauen ist. Sie sagten das sie Geld brauchen für ihr Haus?". „Aber er ist nicht wiedergekommen!". „Vielleicht ist er ja noch unterwegs?". „Wollen sie mich nicht verstehen, es ist ihm etwas passiert. Das weiß ich genau". „Also warum hat sich noch niemand von den anderen gemeldet?". „Weil die nicht so behandelt werden wollen. So wie sie mich grade behandeln" reif Mandy sauer.

Der Polizist hob die Hände. „Nun beruhigen sie sich mal wieder. Ich nehm die Anzeige auf und wir werden die ganze Angelegenheit untersuchen. Machen sie sich keine Sorgen. Wenn ihr Mann wo anders auftaucht werden wir ihn informieren". Mandy war so sauer, aber sie blieb still, während der Polizist die Daten in den Computer eingab. „So erledigt, ihr Mann ist jetzt vermisst gemeldet. Jeder Polizist hält jetzt nach ihm Ausschau. Außerdem wird sich die zuständige stelle jetzt um den Fall kümmern".

Damit stand der Polizist auf und öffnete die Tür. Mandy wurde gekonnt heraus buxiert.

Vor der Tür fiel die ganze Last von Mandy ab und sie begann hemmungslos zu Weinen. Plötzlich war Walter da. „Ich hab dir ja gesagt das die dir bestimmt nicht helfen. Auf die Polizei kann man eben nicht vertrauen". Walter brachte Mandy zum Wagen und fuhr heim. Die Polizei würde sich nicht darum kümmern, niemand würde sich für einen verschwundenen Bewohner des Deltas kümmern.

Etwa zur gleichen Zeit leuchtete ein roter Punkt im Computersystem der East Coast Insurance auf. Der Punkt wurde mit allen Daten aus der Umgebung gespeist und die Frau vor dem Computer sah auf. Selma sah sich alle Daten an und begann zu Tippen. Sie rief Vermisstenanzeigen auf und verglich Daten. Dann begann sie Daten auszudrucken und ein Akte zu füllen.

Ich war mit dem Wagen unterwegs ins Büro, der East Coast Insurance. Dort arbeitete ich in der Abteilung für Schadenfeststellung. In Wirklichkeit war die Insurance eine Tarnfirma für die Gesellschaft der Hunter. Ich war einer von ihnen.

Die Hunter kümmern sich um alles was „Ungewöhnlich" ist. Von der Sichtung kleiner grüner Männchen, bis zum Yeti oder seinem Verwandten den Nordamerikanischem Big Foot oder Sasquatch. Aber wir werden auch zu Einsätzen gerufen die nicht in der Presse stehen.

Es war ein sonniger Morgen in New York City. Die Sonne war früh auf den Beinen und spiegelte sich in den Fensterfronten der Wolkenkratzer. Die Straßen waren voll, aber unsere Büros lagen ein wenig ab vom Stadtzentrum. Ich fuhr auf das Gelände unserer Firma und stellte meinen Wagen auf meinem Parkplatz. Es war ein unscheinbares Fabrikgelände mit einem einfachen Gebäude. Als ich ausstieg, sah ich mich zuerst um.

Der Wagen unserer Sekretärin „Selma Long" stand wie immer auf ihrem Platz. Auch der

Wagen meines Vorgesetzten „John Koller" war schon da. Obwohl es Gerüchte gab, das er in seinem Büro schlief, oder in einem geheimen Zimmer irgendwo im Gebäude. Weil John einfach immer da war. Aber das war nur der übliche Bürotratsch.

Das Büro der Hunter

Dann ging ich direkt zur Eingangstür. Ich hielt meine Karte an den Sensor. Die Tür klickte und ich trat ein. Das Schloss mit dem Sensor hatten wir erst seit einem Jahr. John hat es einbauen lassen nach dem plötzlich jemand in Vorzimmer stand und etwas zu einer Insurance wissen wollte. Das war eine echte Überraschung, bis heute weiß keiner, wie der Mann uns gefunden hatte.

Der Flur wurde von Neonlicht erhellt und ich ging direkt ins Vorzimmer, dort saß die ewig junge und schöne Selma Long. Alleine sie zu sehen ließ die meisten meiner jüngeren Kollegen mit einem lächeln zu Arbeit kommen. Sie war asiatischer Abstammung, aber fast 1,90 groß. Sie hatte schwarze Haare, die ihr bis auf den Rücken reichten und sie lächelte immer. Ein Lächeln, das es mit der Mona Lisa aufnehmen konnte. Ansonsten fand ich sie nicht besonders hervorstechend. Vielleicht war ich einfach zu alt, um noch ihrem Charme zu verfallen. Immerhin war ich schon 37.

„Guten Morgen Selma. Der Chef ist auch schon da, wie ich draußen gesehen habe". Sie blickte von ihrem Bildschirm hoch und setzte, dieses Mona Lisa lächeln auf. „Aber Steven du weißt doch, das der Chef immer da ist. Er sieht alles, er weiß alles". Danach kicherte sie verlegen, ich war mir sicher, das es nur gespielt war. Aber das war einfach ihr Ding. „Also alles wie immer, ich verschwinde ins Büro und machen meinen Bericht fertig". „Alles klar Steven, aber mach es dir nicht zu bequem". Das ließ mich hellhörig werden.

„Selma, wie meinst du das?". Dabei drehte ich mich um die eigene Achse. Dann stütze ich mich auf ihrem Schreibtisch ab. „Der Chef hat vorhin meine Daten bekommen. Ich glaube, es gibt etwas zu tun für dich". Ich hasste es, wenn sie ihre Daten einreichte, sie hatte ziemlich oft Recht. Daten waren Selma´s Spezialgebiet, sie war nicht nur eine Sekretärin. Sie war eine Computerspezialistin, sie durchsuchte das Netz und sogar die Datenbanken einiger Regierungsbehörden nach Hinweisen. Es war ein Drahtseilakt, Hinweise zu finden und nicht aufzufallen. Immerhin hatten wir keine

19

offizielle Genehmigung. Aber laut Selma würden einige Behörenden sie nicht mal bemerken, wenn sie nach ihr suchen würden.

Ich hörte, wie sich eine Tür öffnete und schon erklang, die Stimme von John hinter mir. „Steven schön dich zu sehen, ich glaube, ich habe da was für dich". Ich drehte mich um und erwiderte. „Guten Morgen John, freut mich, dich zu sehen. Ich kann meine Freude kaum zurückhalten. Soll ich nicht erstmal meinen Bericht über die letzten Mission fertig stellen?". Johns minne verfinsterte sich. „Steven, wenn es nicht um Menschenleben gehen würde, dann gerne. Aber ich glaube, dein Bericht hat Zeit". Menschenleben, das war mein Stichwort. Bei einer solchem Aussage wusste, jeder Hunter, was zu tun war. Ich straffte mich. „Verzeihung John, das wusste ich nicht. Worum geht es". John entspannt sich wieder. Er war immer für einen Spaß zu haben, aber wenn es um Menschenleben ging, war mit John nicht zu Spaßen.

„Komm mit ins Büro, Selma sie buchen schon mal einen Flug ins Atchafalaya Basin.

Verdammt da bricht man sich ja die Zunge, wenn man das richtig Aussprechen will". Schimpfte John. „Also einen Flug nach New Orleans. Verstanden Chef" erwiderte Selma schnell und begann zu tippen. John sah sie überrascht an und ich versuchte, mein Grinsen zu verstecken.

Dann drehte sich John um und verschwand in sein Büro. Ich folgte ihm und schloss die Tür hinter mir. Während John sich setzte, nahm ich vor dem Schreibtisch platz. „Also Steven, es geht um ein Nest ohne Namen. Es liegt am Mississippi-Delta, eigentlich schon fast drin. Eine Siedlung mit ungefähr 100 Einwohner. Keinen Bürgermeister, keine Polizei weit und breit. Aber einige der „Einwohner". Wobei er Anführungsstriche mit den Händen in der Luft machte. „Haben sich an die Polizei gewannt. In diesem Fall geht es um das verschwinden einiger Bewohner des Mississippi-Deltas. Es sind 5 Leute verschwunden, mit dem Boot raus gefahren zum Angeln oder Jagen. Keiner ist zurückgekommen. Die Polizei hat weder die Zeit noch die Möglichkeit den Sumpf abzusuchen. Also heißt es sie haben sich wohl im Sumpf verirrt. Einfache Erklärung, Fall abgeschlossen".

„Aber nicht für uns Chef. 5 Menschen, die im Sumpf leben, verirren sich nicht einfach drin. Ich soll also der Sache auf den Grund gehen". John nickte. Ich beugte mich zu John vor. „Hast du einen bestimmten Verdacht oder denkst du an etwas Bestimmtes". „Leider nein, es kann alles sein vom Riesenalligator bis zu einer neuen Bedrohung, durch Zuwanderung". Bedrohung durch Zuwanderung, ich hasste diesen Begriff. Das heißt nichts anderes, als das ein neues Tier versucht, in einer unbekannten Umgebung seinen Platz zu finden. Meistens waren es illegal eingeführte Tiere, die einfach ausgesetzt wurden. Die Menschen der Gegend mussten dann schmerzhaft herausfinden, dass sie einen neuen Mitbewohner hatten.

„Ich hasse diesen Begriff auch" meinte John leise, als er meine Mine sah. Er hatte meinen Blick richtig gedeutet. Ich riss mich zusammen. „Leider wird die Welt immer kleiner und jeder muss seinen Platz da drin finden". John sah mich an. „Das ist die richtige Einstellung Steven, hier ist die Akte. Es ist nicht viel, aber zumindest solltest du den Ort, mit der Karte finden könne. Viel Glück". „Danke John, wird schon schief gehen". Damit nahm ich die Akte entgegen und somit den Auftrag der Gesellschaft an. Ich verließ sein Büro und schloss die Tür hinter mir.

John war schon lange Hunter, er war einer der ersten Hunter, die schon fast das Rentenalter erreicht hatten. Er war groß und stark, aber immer noch sportlich, mit seinen 54 Jahren. Auch wenn sich ein leichter Bauchansatz zeigte. Außerdem hatte er die meisten Lehrbücher der Gesellschaft geschrieben. Die Informationen stammen alle aus seinen Einsätzen. Er hat sie niedergeschrieben, damit andere aus seinen Fehlern lernen konnte. Dann wurden seine Bücher zu Lehrbüchern der Gesellschaft. „Gefahren erkennen und vermeiden", war wohl das Berühmteste. Es gehörte zur Pflichtlektüre und wurde sogar separat geprüft. Ich frage John immer, ob er eine Idee hatte, er war länger Hunter als jeder andere. Wenn jemand eine Idee hatte dann er. Also es half alles nichts, eine neue Mission warte auf mich. Ich ging in mein Büro und legte die Akte beiseite. Dann räumte ich die Notizen aus meiner Aktentasche und tauschte sie gegen die Akte der Mission aus. Die Notizen blieben einfach auf meinem Tisch liegen, sie würden schon nicht wegkommen. Eigentlich Schade, ich mag zwar keinen Bürokram, aber ein paar Tage ruhe wären nett gewesen, nach der letzten Mission. Ich bin zwei Wochen durch den Wald gelaufen, auf der Suche nach einer Riesenschlange. Ich stellte meine Aktentasche hin und überlegte, ob ich was vergessen hatte. Ich schüttelte den Kopf und verließ mein Büro. Beim Empfang blieb ich stehen und sah Selma an.

„Selma, hast du schon was für mich". Sie sah auf „Natürlich deine Maschine geht heute Mittag, ein nettes Motel wartet auf dich. Obwohl du bestimmt nicht lange dortbleibst. Die Fahrt zur Siedlung dauert eine Stunde, über unbefestigte Straßen und Feldwege". Damit reichte sie mir ein paar Zettel. Ich legte sie zu der Akte, die ich von John hatte. „Danke, wir sehen uns, wenn ich wieder da bin. Pass gut auf John auf" meinte ich beim Rausgehen. Selma lächelte wieder. „Aber sicher, ich pass auf euch alle auf. Viel Glück Steven". Jetzt war ich derjenige, der lächelte. Selma war ein glücklicher Mensch, sie war einfach und gradlinig.

Ich verließ das Gebäude und schaute auf die Uhr. Verdammt 32 Minuten im Büro und schon wieder auf dem Weg nach Hause, das war ein neuer Rekord. Also stieg ich wieder ins Auto und fuhr nach Hause. Ich stellte meinen Wagen in die Einfahrt und ging rein. Es war ein schönes kleines Haus am Stadtrand, in einer Neubausiedlung. Weiß, mit einem Kamin und einem Gartenzaun. So wie es immer mein Traum gewesen war. Jetzt fehlt mir nur noch die Zeit, um eine Frau zu suchen, die mein Haus mit Kindern füllt.

Drinnen stellte ich die Aktentasche ab und griff nach der gepackten Reisetasche. Die stand immer griffbereit, in meinem Job wusste man nie, wann es wieder losgeht. Ich packte aus und wieder ein, so war die Routine. Jetzt hat es sich wieder einmal gezeigt, das ich recht hatte. Ich dachte noch mal nach, ob ich auch alles hatte. Dann holte ich die Akte raus und schlug die Seite den der Missionsbeschreibung auf.

Dann rief ich die Nummer des Ausrüsters in der Stadt an. Es klingelte kurz. „Sorgens Gemischtwaren, Sorgen am Apparat" erklang eine melodische Stimme. „Guten Morgen, Steven Moore von der East Coast Insurance. Ich würde gerne eine Bestellung aufgeben". Es herrschte Stille, dann hatte sich mein Gegenüber wieder gefangen. „Natürlich Sir, was kann ich für sie tun". Die meisten erhielten so einen Anruf ihr ganzes Leben nicht. Andere waren es gewohnt. Immerhin zahlten wir dafür, das unsere Ausrüstung bereit gehalten wurde. In jeder Stadt auf der Welt geb es einen Ausrüster. „Ich würde gerne Kiste 3 bestellen, ich komme morgen früh zum Abholen". „Verstanden Sir, Kiste 3. Morgen früh. Es wird alles bereitstehen". „Danke, bist morgen früh". Damit war das Gespräch beendet und ich legte auf. Die Akte verschwand in der Reisetasche.

Mit diesen Leuten sollte man nicht zu viel Kontakt halten. Hehler, Schwarzmarkthändler und dergleichen. Leider waren sie unabkömmlich oder haben sie schonmal versucht, mit einer Waffe ein Flugzeug zu besteigen. Ich rief mir ein Taxi und schnappte meine Reisetasche. Dann stellte ich mich vor die Tür um noch ein wenig den schönen Tage zu genießen.

Mein Nachbar verließen grade sein Haus und grüßten, als sich mich sahen. „Morgen Steven, wo soll es den hingehen" rief er. „Morgen Tim, heute treibt es mich an den Mississippi". „Du bist doch gestern erst wieder nach Hause gekommen und deine Firma schickt dich gleich wieder Los?". Er war einfach über alles, was in der Siedlung passiert informiert. „Ja, du weißt doch, die Schadensfälle kommen nicht zu uns". „Aber gleich wieder losgeschickt zu werden. Wenn du mal was Sesshaftes machen willst, sag einfach Bescheid". Tim war ein ziemlich erfolgreicher Headhunter.

Ich musste immer noch schmunzeln über die Bezeichnung. Er war vermutlich so

27

erfolgreich, weil er nicht aufhörte, für jeden etwas Besseres zu suchen. Außerdem war er wie gesagt über alles informiert. Ich lächelte nur und er verstand das Zeichen. Wir führten dieses Gespräch nicht zum ersten und bestimmt auch nicht zum letzten mal. Er stieg in sein Auto und fuhr davon, während ich auf mein Taxi wartete.

Keine 5 Minuten später bog ein gelbes Taxi um die Ecke und ich griff meine Reisetasche. Dann hob ich die Hand. Der Fahrer hielt und ließ die Seitenscheibe runter. „Mister Moore" fragte er mit kubanischem Akzent. „Richtig, ich muss zum Flughafen". Damit stieg ich ein und das Taxi setzte sich in Bewegung. Nach einem Moment fragte der Fahrer. „Sie verreisen, privat oder geschäftlich, Sir". Ich sah mir die Fahrerlizenz an und sah das Bild eines Inders. „Geschäftlich". „Verstehe, an einem so schönen Tag könnte ich nicht in einem Flugzeug sitzen" meinte der Fahrer. „Würden sie lieber bei einem Sturm im Flugzeug sitzen" fragte ich lächelnd. Er lachte auf. „Nein, Sir. Sicher nicht. Geht es wenigstens in den Süden?". „Ja ein wenig, aber ich Wundere mich grade über ihr Bild auf der Lizenz. War wohl nicht ihre Schokoladenseite, wie?". Ich merkte, wie er sich anspannte. „Die hat der Kollege vor mir vergessen. Ich hatte noch keine Zeit meine ran zu machen". Klar, obwohl doch jeder wusste, das sich Taxifahrer nicht ihre Taxis teilen. Die restliche Fahrt verlief schweigend. Ich sah raus und war froh nicht mehr reden zu müssen. Ich war kein Freund von unnötigem Gerede.

Schon bald kamen wir am Flughafen an und ich gab ein großzügiges Trinkgeld. „Danke Sir" meinte der Fahrer. „Gerne und vergessen sie nicht, ihrem Kollegen seine Lizenz zurückzugeben" sagte ich mit einem Grinsen. Er nickte „Sie reden wohl nicht gerne oder?". „Nicht wenn es nicht sein muss, schönen Tag noch". „Danke gleichfalls". Dann ging ich in den Flughafen. Ich kannte den Flughafen besser als die Innenstadt, so oft war ich schon hier. Ich schlängelte mich zum Schalter durch und legte ein Lächeln auf, als ich erkannt, wer dort stand. „Guten Morgen, Sir. Was kann ich für sich tun".

Dann blickte die Dame auf und lächelte. „Guten Morgen Saskia, ich brauche mein Ticket und würde gern meine Tasche aufgeben". „Oh, Herr Moore. Schön sie wieder zu sehen. Geht es schon wieder los. Sie sind doch gestern erst gelandet". „Ja, leider. Ich hab es nicht mal richtig ins Büro geschafft. Dann hatte der Chef schon wieder einen neuen Auftrag für mich". „Das tut mir leid, Herr Moore". „Wann sagen sie endlich Steven zu mir?". „Nicht wenn ich auf der Arbeit bin, Herr Moore". „Na gut, ich melde mich, wenn ich irgendwann mal länger hier bin. Dann treffen wir und und sie nennen mich Steven". „Natürlich gerne, Herr Moore. So hier ist ihre Bordkarte, einen angenehmen Flug wünsche ich ihnen". „Danke Frau Schneider, ihnen auch einen schönen Tag". Das brachte sogar sie zum Lächeln.

Ich ging zum Check-in und setzte mich in den Wartebereich. Ich hatte Saskia auf einer meiner vielen Reisen kennen gelernt. Sie hatte einen Drink über mich gegossen. Ich muss zugeben, es war ein nasses Kennenlernen, aber ein erfreuliches. Wir trafen uns, immer wenn wir in derselben Stadt waren. Gingen Essen, ins Kino oder verbrachten einfach nur Zeit zusammen. Eine schöne unbeschwerte Beziehung, keine Verpflichtung. Aber nur bis ich die Frau fürs Leben treffe. Schon bald wurde mein Flug aufgerufen und es ging los.

Der Flug verlief ereignislos, ich nutzte die Zeit, um mir die Akten der vermissten Personen durchzulesen. Immerhin brauchte ich eine gute Geschichte. Man konnte schlecht hingehen und einfach nachfragen, was passiert ist. Ich entschied mich für Tom Lakeside. Er war zumindest mal aus seiner Siedlung rausgekommen. Außerdem war er mal Bauarbeiter, das gab den Grundstoff für meine Geschichte.

Im Mississippi-Delta

Ich landete bald in Jackson, Mississippi und machte mich auf den Weg zum Taxistand. Nachdem ich eingestiegen war, sagte ich dem Fahrer, wo es hingehen sollte. „Sindo Motel, bitte". Der Fahrer drehte sich zu mir und sagten mit schwerem Akzent. „Welches denn?". „Olivera Road 232, bitte". Der Fahrer zog eine Augenbraue hoch, sagte aber nichts weiter. Dann fuhr er los. Es dauert fast eine Stunde, bis wir das Motel erreichten.

„Ich hoffe sie können zahlen" meinte der Fahrer, als er auf die Uhr blickte. Ich zückte die Firmenkreditkarte und sein Blick wurde freundlicher. Ich ließ noch ein paar Dollar Trinkgeld drauflegen und der Fahrer meinte plötzlich. „Sicher das sie hier absteigen wollen, gibt schönere Motels. Vor allem näher dran". „Ist leider eine Geschäftsreise". Damit war wohl alles gesagt, den der Fahrer zuckte nur mit den Schultern. Ich stieg aus und betrat das Büro des Motels. Ein junges Mädchen saß am

Empfang. Sie blickte auf und sagte „Guten Tag, kann ich ihnen weiter helfen". „Ja, Steven Moore, East Coast Insurance. Es sollte ein Zimmer für mich reserviert sein?". Sie blätterte in einem Buch und fand schnell die Reservierung. „Natürlich Mister Moore, Zimmer 2. Würden sie bitte dieses Formular ausfüllen. Außerdem müsste ich ihren Führerschein Kopieren". „Natürlich hier". Ich tauschte das Formular gegen meinen Führerschein und sie drehte sich zum Kopierer um. Während ich das Formular ausfüllte.

Der übliche Papierkram halt. Nachdem ich meinen Führerschein zurückhatte, gab mir das junge Mädchen den Schlüssel. Ich wollte sofort das Zimmer in Augenschein nehmen. Als ich eintrat, war ich nicht überrascht. Das Zimmer war einfach. Billige Möbel, ausgetretener Teppich, aber das Bett war gemacht und sah absolut sauber aus. Sogar die Laken waren strahlend weiß.

Ich leerte meine Tasche aus und räumte alles in den Kleiderschrank. Dann suchte ich das Restaurant in der Nähe auf. Als wir vorbei gefahren sind, sah es gut besucht aus. Ich suchte mir einen Platz und bestellte das Tagesgericht. Es gab Jambalaya und anschließend einen Pekannusskuchen. Ich war überrascht von der Würzigkeit, aber es gefiel mir sehr. Ich verließ das Restaurant und ging zum Motel zurück. Dort stellte ich fest das sich auf dem Parkplatz viele Trucker und Arbeiter aufhielten, so als ob sie auf etwas warteten würden. Plötzlich ging eine Neonleuchte an und die Leute strömten zum Schild wie die Motten zum Licht. Es war die Motel-Bar, die grade geöffnet hatte. Ich konnte mir denken, was der Fahrer gemeint hat. Selma, wo hast du mich nur untergebracht, dachte ich mir.

Trotz schlimmster Befürchtungen verlief die Nacht ruhig und ohne Störungen. Am nächsten morgen ging ich laufen und zog später wieder meinen Anzug an. Er passte am besten zur Geschichte die ich mir zurecht gelegt hatte. Also machte ich mich auf den Weg zur Autovermietung, diese war nur 2 Straßen weiter. Dort holte ich den bestellten Wagen ab. Es war ein Land-Rover mit Allradantrieb. Wieder gab es Papierkram zu erledigen, dann war ich unterwegs zu Sorgens Gemischtwaren. In der Akte stand alles, was ich brauchen würde und wo ich es her bekommen. Selma war mehr als gründlich.

Vor dem kleinen Geschäft in einer noch kleineren Straße hielt ich und betrat den Laden. Eine Glocke ertönte und kündigte Besuch an. Der Laden war gut eingerichtet, es gab einfach alles. „Einen Moment bitte" ertönte es aus dem hinteren Bereich. Die gleiche Stimme wie am Telefon gestern. Ich schlängelte mich durch Regalreihen zum Tresen durch. Aus dem Hinterzimmer erschien ein Mann um die 30. Schwarze kurze Haare, einen mächtigen Vollbart und einer robusten Statur. „So da bin ich schon, Sir. Was kann ich für sich tun?". „Ich hatte etwas bestellt, Kiste 3 bitte". Der Mann wurde steif und etwas blass um die Nasenspitze. Dann schluckte er und sagte. „Ich bringe sie ihnen sofort, Sir". Damit verschwand er wieder im Hinterzimmer. Ich musste grinsen, die meisten dieser Lageristen erwarteten die Mafia oder dergleichen.

Der Mann brachte eine große Kiste, ähnlich einem Diplomatenkoffer, nach vorne. Die Kiste war 1 Meter lang und 45 Zentimeter breit. Auch ihre Höhe betrug nur 10 Zentimeter. Aber sie war gefüllt mit der Fantasy des Lageristen. Immerhin standen 10 solcher Kiste in seinem Lager. Nur die eingestanzte Nummer unterscheid die Kisten voneinander. „Sehr schön, ich bringe sie bald wieder". „Natürlich Sir, aber wollen sie nicht den Inhalt überprüfen?" Fragte er misstrauisch. Ich lächelte und meinte. „Aber nein, die Kiste ist unberührt. Sonst würde man hier viel besser Parken können".

Damit drehte ich mich um und verwand in Richtung der Tür. Der Mann war noch etwas bleicher um die Nasenspitze geworden. Ich dagegen musste mich echt beherrschen nicht laut loszulachen. In der Kiste befand sich kein Sprengstoff. Das kompliziert aussehende Schloss war nur eine Kombination aus einem Zahlenschloss und einem Schlüsselloch. Die meisten Lageristen versuchten nicht, eine der Kisten zu öffnen, weil sie nicht wussten, was passieren würde. „Mehr Schein als Sein" hatte John mal gesagt. Ich verließ den Laden und ging wieder zum Wagen.

Dort verlud ich die Kiste im Land-Rover und machte mich auf den Weg in die „Siedlung". Ich fuhr über 2 Stunden, es ging über Waldige, schlammige und miserable Wege, die ich nicht im Traum als Straßen bezeichnen würde. Dann erreichte ich eine Siedlung. Es waren ungefähr 20 schlecht gezimmerte Holzhütten, die sich am Rand des Wassers entlang schlängelten. Ich stieg aus und schnappte mir meine Aktentasche. Dann sah ich mich um. Es war niemand zu sehen, aber eine der Hütten hatte ein Schild mit einem Namen dran. „Walter´s" stand mit großen Buchstaben drauf. Ich atmete tief durch und versuchte mich, in meiner Rolle zurechtzufinden zu finden.

Ich ging den größeren Pfützen ausweichend auf die Hütten zu. Falls ich beobachtet werde, musste ich den Stadtmenschen spielen. Dann betrat ich die Veranda und trat meine Schuhe ab. Ich verbarg meinen Ekel über den Schlamm nicht. Dann ging ich rein und sah eine geräumige Stube. In der Mitte brannte ein Torffeuer. Im Raum verteilt standen 4 kleine Tische mit Stühlen dran. Die hintere Fläche wurde von einer Theke eingenommen. Hinter dieser stand ein dicker Mann mit einer schmutzigen Schürze, fettigen Haaren und einem schiefen Grinsen. Seine Augen waren allerdings aufgeweckt und er nahm mich genau in Augenschein.

Ich trat näher und als ich die Theke erreichte fragte ich. „Entschuldigen sie bitte. Vielleicht können sie mir weiter helfen. Ich suche die Familie Lakeside". Er streckte sich und brummte. „Warum". Ich runzelte die Stirn. „Es geht um eine Privatsache. Ich bin von der East Coast Insuranceen". Der Mann zog eine Augenbraue hoch. „Insuranceen braucht hier keiner". Ich schüttelte den Kopf. „Gut dann frage ich mich eben durch, so viel Hütten gibt es hier ja nicht". Ich drehte mich um und wusste schon, das mein Kommentar über Hütten nicht ungehört blieb. „Das zweite Haus rechts raus. Nicht in einer Hütte. Verstanden?". „Aber sicher doch, rechts raus das zweite Haus. Vielen Dank". Ich ging schnellen Schrittes raus und nach rechts. Man wie ich solche Leute hasse, halten sich für den Anführer, weil sie den einzigen Laden im Ort hatten. Aber der Kerl war einfach nur schmierig.

Das zweite Haus war in einem interessanten zustand. Zwischen Verfall und neu. Ich würde es als sanierungsbedürftig einordnen. Als hätte jemand immer einen Teil gemacht, dann gewartet. Dann wieder einen Teil. Ich denke, die Zeit als Bauarbeiter ist Tom Lakeside gut bekommen. Ich klopfte an die Tür und lauschte. Schon bald hörte ich langsame Schritte. Die Tür wurde einen Spalt weit geöffnet und ein blaues Auge erschien zwischen Tür und Haus. „Misses, Lakeside, nehme ich an?". „Ja". Ich setzte eine bedrückte Miene auf. „Entschuldigen sie die Störung, es geht um Tom Lakeside. Sie sind doch mit ihm verheiratet?". „War. Er ist tot". „Genau um das zu überprüfen bin ich hier. Ich bin Steven Moore vor der East Coast Insurance. Es geht um die Insurance auf seinem Namen. Dürfte ich kurz rein kommen?". Mit diesen Worten reichte ich ihr meine Karte durch den Türschlitz. Sie schien verwundert, nahm die Karte aber und las sie sich durch. Langsam wurde die Tür geöffnet. Eine Frau in einem blassblauen Kleid trat zur Seite und ließ mich eintreten. Sie sah etwas mitgenommen aus, als hätte sie einige Tage nicht geschlafen oder zu viel getrunken.

Ich steuerte gleich den Tisch an und legte meine Aktentasche drauf. „Also Miss Lakeside, wie erklärt muss ich überprüfen, was mit ihrem Mann ist. Damit wir die Insurance auszahlen können. Es ist kein großer Betrag, aber wenn ihr Mann wirklich verstorben ist, sind sie empfangsberechtigt". Dann sah ich zu ihr rüber und wartet. Sie wirkte unsicher und irritiert. „Tom ist tot. Aber wieso hatte mein Tom eine Insurance?". „Das ist einfach erklärt. Ihr Mann hat doch für 5 Jahre bei Stamp Constraktion gearbeitet. Herr Stamp hat für alle neuen Mitarbeiter Insuranceen abgeschlossen. So das er im Falle eines Unfalls die Insurancessumme bekommt. Die Firma gibt es nicht mehr, aber die Insurance gibt es noch. Damit sind sie als seine Ehefrau empfangsberechtigt, falls ihm etwas zugestoßen sein sollte". „Falls. Er ist verschwunden. Seit über 4 Wochen". Ich runzelte die Stirn. „4 Wochen, laut meinen Unterlagen sind es 2 Wochen. Außerdem sollen doch noch andere Bewohner dieser Siedlung verschwunden sein". „Ja, es sind mittlerweile 4 von unseren Freunden verschwunden. Aber das interessiert niemanden, es heißt sie haben einfach die Siedlung verlassen, um wo anders eine Arbeit zu finden". Sie setzte sich und seufzte.

Ich setzte mich auf den anderen Stuhl und holte einen Schreibblock raus. „Also ich möchte ihnen nicht zu nahe treten. Aber ich werde herausfinden, was mit ihrem Mann passiert ist. Das ist mein Job. Ich arbeite in der Schadensermittlung". „Schadensermittlung. Ist mein Mann also nur ein Schaden für sie?". Ich schloss kurz die Augen. „Nein, natürlich nicht. Aber ich muss objektiv bleiben, ich hoffe sie verstehen das. Würden sie mir einige Fragen beantworten?". Sie schluckte, nickte aber „Stellen sie ihre Fragen". „Wo ist ihr Mann hingegangen?". „Gegangen, gefahren zur Köderinsel". „Köderinsel, wo ist das genau". „Sie müssen von hier dem Flussarm folgen und dann bei der großen Gabelung nach links fahren. Dann erreichen sie nach dem durchqueren eines Dickichts die

Köderinsel. Eine kleine Insel im Delta". „Interessant, warum wird die Insel denn -Köderinsel- genannt?". Ihre Augen weiteten sich. „Weil die Köder für die Jagd dort gelagert werden, natürlich".

Ich musste mich echt anstrengen, um mir solche blöden Fragen auszudenken, aber was tut man nicht alles für die Rolle eines Stadtmenschen. „Oh, ja natürlich. Das ergibt Sinn. Also ist er zu Jagd aufgebrochen". „Nein, er ist zum Fischen gegangen. Er fischt und sammelt Orchideen". „Verstehe, dann also Fischen". Ich begann mir Notizen zu machen. Also Köderinsel und von dort weiter Angeln. „Wissen sie zufällig, wo er Angeln wollte". „Er ist nicht zum Angeln gekommen, glaube ich. Sein Flachboot lag noch an der Köderinsel. Er ist einfach verschwunden". Sie begann zu schlurzen, hatte aber keine Tränen mehr.

„Verzeihung, ich weiß, dass es sie ziemlich mitnimmt. Ich habe nur noch eine Frage. Gibt es die Möglichkeit sich eins dieser Flachboote zu leihen. Ich müsste zur Köderinsel". Sie starrte mich an. „Sie wollen zur

Köderinsel?". „Natürlich, ich muss mir einen Überblick verschaffen". „Dort fährt keiner mehr hin. Es sind ja auch andere verschwunden. Der Sumpf ist nicht mehr sicher". „Ich bleibe nicht lange, aber hin fahren muss ich auf jeden Fall". Sie schüttelte den Kopf. „Vielleicht macht die Polizei endlich was, wenn einer, wie sie verschwindet. Also fahren sie ruhig. Sie können Tom´s Boot nehmen, es liegt hinter dem Haus". „Oh, vielen Dank das sie sich solche Sorgen um mich machen. Aber ein wenig in den Sümpfen rumfahren, wir mich schon nicht umbringen". Sie erstarrte und schüttelte wieder den Kopf. Verdammt das war zu viel des Guten, dachte ich mir. Aber ich machte weiter einen auf unschuldig. „Also vielen Dank für ihre Unterstützung, ich werde dann mal aufbrechen. Nicht das es zu spät wird. Wenn ich zurückkomme, mache ich die Unterlagen fertig". Damit stand ich auf und griff meine Tasche. „Wenn sie zurückkommen ..." Meinte Frau Lakeside. Ich ignorierte diesen Kommentar und verließ die Hütte.

Draußen stieg ich ins Auto und öffnete die Kiste. Ich griff mir den kleinen Rucksack und verschloss wieder alles. Dann stieg ich wieder aus und ging um die Hütte. Es lag ein kleines Flachboot mit Außenbordmotor am Ufer. Außerdem befanden sich 2 Paddel und eine lange Stange an Bord. Ich schnallte mir den Rucksack um und schob das Boot ins Wasser des Deltas. Ich benutzte erst die Stange und stieg dann später auf den Motor um. Ich versuchte, dem linken Flussarm zu folgen und erreichte bald schwitzend und zerstochen das Dickicht. Dann versuchte ich mich, durch das Dickicht zu schieben. Es war gar nicht so einfach, wie ich zuerst dachte. Dann fand ich sowas wie eine Lücke und schob das Boot drüber. Ich war erstaunt, es war ein unglaublicher Anblick. Eine kleine Insel in einem See. Sie hatte einen Durchmesser von ungefähr 150-200 Meter und war mit ein paar Bäumen besetzt. Das Dickicht schirmte sie gegen den Rest ab. Ich hatte das Gefühl, das sogar die Mücken abgeschirmt wurden.

Ich legte an und nahm den Rucksack ab. Dann öffnete ich ihn. Ich nahm meine Barette 9MM heraus und legte den Holster an. Dann lud ich die Pistole und steckte sie ein. Als ich ausstieg, sackten meine Schuhe im schlammigen Ufer ein und füllten sich mit Wasser. „Toll, warum muss ich auch immer auf meine Tarnung bestehen. Nächstes mal komm ich gleich mit Gummistiefel" sagte ich zu mir selbst.

Dann stand ich auf der Köderinsel und sah mich um. Die Insel war tatsächlich ein guter Standort, sie war vom Dickicht eingeschlossen, aber in der Mitte trocken. Es standen noch einige leere Holzkisten auf kleinen Pfeilern rum, ansonsten war die Insel verlassen. In der Mitte war ein altes Lagerfeuer. Alles war verlassen und schon lange nicht mehr benutzt worden.

Die Köderinsel

Ich begann damit die Insel ab zu suchen. Die Spuren waren nicht leicht zu deuten. Es waren seit mindesten 2 Wochen keine neuen Spuren zu finden. Alles war in Eile leergeräumt worden. Aber vielleicht fand ich ja noch andere Hinweise. Also suchte ich den Rand der Insel ab. Einige Vertiefungen von Booten waren zu sehen, aber nichts anderes. Keiner war zur Insel gekommen oder von ihr gestartet. Dann suchte ich die trockene Fläche ab, fand aber wieder nichts. Plötzlich drang ein Geruch in meine Nase. Etwas roch Komisches hier, nein, etwas stank. Ich schnüffelte und versuchte, der Quelle näher zu kommen. Der Gestank führte mich zu einem Baum. Erst dachte ich an einen Pilz oder etwas anderes hier im Sumpf. Aber der Boden stank, es war auch kein Pilz zu sehen. Dann sah ich die Kratzspuren am Baum. Es waren Spuren von Krallen. Mein Gehirn zählte eins und eins zusammen und ich zog meine Waffe. Der Gestank war Urin, zusammen mit den Kratzern gab es nur wenige

Kreaturen, die in einem Sumpf lebten. Für mich war sofort klar das es sich um „Sumpffratzen" handelt.

Mit der Waffe in der Hand beobachtete ich den Sumpf. Versuchte, die Bewegungen des Dickichts zu verfolgen und lauschte auf die Geräusche des Sumpfes. Es schien alles normal, auch kein Platchen war zu hören. Langsam nach allen Seiten sichernd bewegte ich mich zum Boot zurück. Schweiß lief mir die Stirn runter. Verdammt, warum sind es „Sumpffratzen". Ein Alligator wäre mir lieber gewesen. Ich rief mir alles in Erinnerung, was ich über die Viecher wusste. Sumpffratzen stammen von Affen ab. Paviane, Allesfresser, mit Schwimmhäuten an den Pfoten. Dazu sind sie Rudeljäger. Wenn sie hunger haben, jagen sie alles, was sich in ihrem Gebiet befindet. Je größer das Rudel, desto größer das Gebiet. Ich befand mich in ihrem Gebiet, wie die Markierung am Baum verriet. Die verschwundenen Personen der Siedlung warten auf jeden Fall tot und verspeist. Aber jetzt musste ich erstmal zusehen, das ich hier wegkomme. Ich erreichte das Boot und stieg ein. Mit der Stange stieß ich mich ab, dann setzte ich mich mit der Waffe vor mir hin und begann zu rudern. So wenig Geräusche wie möglich, dachte ich nur und erreichte das Dickicht. Ich spähte durch die Gräser, sah aber nichts Verdächtiges. Vielleicht waren die Sumpffranzen nicht hier, weil seit Wochen keiner mehr in die Gegend kam. Zumindest hoffte ich das, dann schob ich mich mit dem Boot über den Rand des Dickichts. Ich ruderte langsam weiter, dann schmiss ich den Motor an und gab Vollgas. Während ich immer noch in den Sumpf spähte, dachte ich nach. Als ich die Siedlung erreichte, war mein Anzug wie in Wachs gegossen. Der Schweiß lief mir in Bächen runter, wenn die Viecher so weit gehen und Menschen jagen. Dann muss es sich um ein großes Rudel handeln. Ich brauchte Unterstützung. Ich legte mit dem Boot wieder hinter dem Haus an. Stieg aus und ging zum Wagen zurück.

Ich stieg ein und griff nach meinem Handy. Dann wählte ich die Nummer der Insurance. „Steven, ist der Auftrag schon erledigt. Das ging ja Fix". „Selma, ich brauche Unterstützung.

Es handelt sich um Sumpffratzen. Schick mir einfach jeden der grade frei ist". „Ihh, Sumpffratzen. Die Viecher sind echt übel. Ich rufe dich nachher an, wer verfügbar ist". „Danke Selma, ich muss jetzt erstmal Duschen". Sie lachte noch, als ich auflegte. Dann startete ich den Wagen und fuhr zurück zum Motel. Dort angekommen brachte ich die Kiste rein. Ich stellte sie auf den Boden vor meinem Bett und ging sofort duschen. Ich bin nicht der ängstliche Typ, aber ich hing an meinem Leben. Ich ging auch mal ein Risiko ein, aber nur ein Kalkulierbares. Wenn ich nicht gewinnen kann, komme ich lieber mit Verstärkung zurück.

Also dann wollen wir mal für Verstärkung sorgen. Dachte Selma und drückte auf die Kurzwahl. Es klingelte und kurze zeit später nahm jemand ab. „West Coast Insurance" sagte eine weibliche Stimme. „Hallo Linda, Selma von der East Coast Insurance hier. Einer unserer Schadensermittler braucht Unterstützung. Habt ihr Personal zur Verfügung?". „Hi Selma freut mich mal wieder von dir zu hören. Ruf doch zwischendurch einfach mal an. Du kannst dir eine Freisprechanlage kaufen und mit mir reden, während du das Internet durchforstest". „Ach Linda du weißt doch, das mein Boss es nicht mag, wenn ich telefoniere. Er sitzt nur eine Tür weiter". Dann fügte sie leiser hinzu. „Er ist immer da". „Ok, ich glaube, ich verstehe, was du meinst. Dann also nur das Geschäftliche. Shawn Breston wäre verfügbar. Wo soll ich ihn hinschicken?". „Ich schicke dir die Daten über die verschlüsselte Leitung. Dann kannst du ihn gleich losschicken. Hast du zufällig noch jemand da, oder nur Shawn?". „Leider nur Shawn, wie schlimm ist es den?". „Sumpffratzen, unbestimmt Anzahl". „Ähh Sumpffratzen, die dinger sind schlimm. Aber im Moment ist nur Shawn da". „Ich musst wohl noch einen Anruf machen, wir sind ja nicht alleine". „Stimmt, als du schickst die Daten und ich schicke Shawn". „Danke Linda, die Daten bekommst du sofort". „Danke Selma, dann bereite ich schon mal Shawn vor".

Linda stand auf und ging zum Büro von Shawn, dann ging sie weiter zum Trainingsraum. Immerhin kannte sie Shawn schon lange und wusste, wo er zu finden war. Sobald er seinen Bericht fertig hatte, ging er Trainieren.

Wenn man Shawn sah wusste man das er viel trainiert. Linda klopfte und trat ein. Shawn war grade mit einer großen Hantel beschäftigt. „Hallo Linda, ich bin gleich bei dir". Shawn war ein riesen Kerl, mit Muskeln aus Stahl. Dazu die blonden Haare. Er sah aus wie Herkules und das wusste er auch. Aber ausnutzen tat er es nicht.

„Shawn ich habe einen Auftrag für dich, Steven Moore braucht Unterstützung". „Blade brauch Unterstützung?". „Ja schein so. Es geht an den Mississippi, ins dortige Delta". „Mississippi, klingt spannend. Weißt du, worum es geht". „Ja, Sumpffratzen". Shawn hielt mit der Hantel inne und sah Linda an. „Sumpffratzen, die Dinger sind echt ekelig. Aber es sollen gefährliche Gegner sein. Dann verstehe ich, das er um Verstärkung bittet. Weißt du zufällig ob noch jemand, kommt oder um wie viele Sumpffratzen es geht?". „Leider Nein, aber Selma will versuchen, noch jemand auf zu treiben. Also scheint es so, als ob es viele Sumpffratzen wären. Selma hat mich gefragt, ob noch jemand verfügbar ist. Aber Gunner ist grade unterwegs". „Verstehe, gut dann mache ich mich fertig. Sag Steven, das ich unterwegs bin". Shawn grinste breit und stellte die Hantel ab. Dann verschwand er in Richtung der Umkleiden. Linda blickte ihm noch einen Moment nach, dann verschwand sie in Richtung ihres Schreibtisches um die Reise zu buchen.

Selma legte auf und grinste. Sie mochte Linda, aber die kurzen Gespräche mit ihr reichten vollkommen. Sie war einfach anstrengend. Es war, als ob man mit Barbie redet. Haare da, Schminken da, Männer da. Die meisten waren anders, sie machten ihren Job und das mit voller Hingabe. Die nächste war genau so wie man es von einer Analytikerin erwartet. Selma drückte eine weiter Taste am Telefon. Wieder klingelte es und schon bald wurde angenommen. „North Coast Insurance". „Miriam, hier ist Selma von der East Coast Insurance. Einer unserer Schadensermittler braucht Unterstützung. Hast du jemand frei?". „Selma, freut mich, von dir zu hören. Gehts es um die Mission im Mississippi?". Selma war einen Moment verwirrt, dann viel ihr wieder ein das Sie selber ja auch jede Anfrage mitbekam. „Ja, Steven braucht Unterstützung, von der West Coast Insurance kommt Shawn. Bitte sag mir das du jemand übrig hast, der du schicken kannst". „Natürlich, ich schicke sofort Catarina los. Ich erwarte deine Daten, nicht das Catarina im Mississipi rum irrt auf der Suche nach Steven". Dann erklang ein helles Lachen.

Miriam hatte einen besonderen Sinn für Humor. Ich mochte sie einfach. „Natürlich, ich schicke dir sofort die Daten. Nicht das Catarina sich verirrt und wir Steven losschicken müssen sie zu suchen". Jetzt lachen beide. Es war schön mal mit jemand auf derselben Ebene zu Kommunizieren. „Sicher, wir müssen doch auf unsere Schadensermittler aufpassen. Sie wären verloren ohne uns" meinte Miriam.

Selma musste sich zusammen reißen, um nicht loszulachen. „Sicher ohne uns würden sie nicht mal zu ihren Einsatzorten kommen". „Und die Hotels erst, die sie Buchen würden. Bestimmt mit Zimmerservice und voller Urlauber" meinte Miriam. Wieder lachten beide. „Also halten wir die Firma am laufen". „Stimmt. Daten sind angekommen. Danke Selma, ich schicke Catarina gleich los. Viel Glück für eure Mission". „Danke Miriam, ich informiere Steven. Er wird sich freuen, euch zur Unterstützung zu bekommen. Zusammen mit Shawn schaffen sie das schon". „Selma, ich liebe die Gespräche mit dir, aber ich schicke jetzt Catarina los". „Bis zum nächsten Mal" meinte Selma. Dann legten beide gleichzeitig auf.

Ich stand auf und überlegte, wo ich Catarina um diese Uhrzeit finden konnte und kam auf den Trainingsraum. Catarina Trainierte viel, um geschmeidig zu bleiben. Sie entstammte einer alten Familie von Assassinen. Jeder dachte, die gibt es nicht oder es sind böse dreinblickende Asiaten. Aber weit gefehlt, Catarina, genannt Lady war eine Engländerin. Sie entstammte einem alten Adelsgeschlecht, dem nur der Titel geblieben war. Von Wittmor, darum nannte man Catarina auch Lady. Sie war tatsächlich eine Lady.

Ich erreichte den Trainingsraum und öffnete die Tür. Lady stand im Handstand an eine Wand gelehnt da und gab keinen Mucks von sich. Sie war absolut regungslos, nur bei genauerem Hinsehen erkannte man das sich der Brustkorb hoch und senkte. Also entweder meditiert sie oder ist eingeschlafen. Aber kann man wirklich im Handstand schlafen?. „Was gibt es Miriam, oder willst du mich nur beobachten?" Hauchte Lady plötzlich. Miriam erschreckte sich und begann. „Also wir hätten einen Job für dich. Steven Moore hat es mit Sumpffratzen zu tun. Er hat um Hilfe ersucht". „Steven braucht Hilfe, das ist ja mal was ganz Neues. Sag ihm bitte Bescheid das ich mich auf den Weg mache. Wo geht es den hin?". „Laut den Daten ins Mississippi-Delta. Also Sumpflandschaft und Mücken. Dafür aber eine ausgefallene Küche und nette Menschen". „Könnte schlimmer sein, gut das ich genau die passende Kleidung habe". Die passende Kleidung, was für ein Hohn, dachte Miriam. Lady hatte für jedes Land, ach was für jede Stadt auf dem Planeten die richtige Kleidung. Es wurde gemunkelt, das sie ein riesen Zimmer voller Schränke hätte und alle waren voll bis oben hin. „Gut dann gebe ich Selma Rückmeldung und plane deine Reise. Dann viel Glück Catarina". Der Atem von Catarina hatte sich nicht beschleunigt, aber ihr Körper begann sich zu entspannen und mit einer Rolle war sie wieder auf den Beinen. „Danke Miriam, ich freu mich schon. Zwar nicht auf die Sumpffratzen, aber auf Steven". Catarina drehte sich um und steuerte die Duschen an. Damit war wohl alles gesagt und Miriam begann ihre Arbeit zu machen.

Ich liebe die Gespräche mit Miriam, sie war so gut informiert. Sie war einfach. Wie ich. Also wählte ich die Nummer von Steven.

Ich duschte ausgiebig und zog mir was Bequemes an. Dann legte ich die Pistole in die Kiste zurück und schob sie unter das Bett. Ich zog mir meine Jacke über und ging zum Essen. Unterwegs klingelte mein Handy. „Steven Moore". „Steven, Selma hier. Morgen kommen Catarina und Shawn zur Unterstützung. Ich hoffe das die beiden reichen, was meinst du". „Wenn wir das Nest finden, bevor die Sumpffranzen uns finden dürfte das reichen. Ich hoffe, das alles gut geht". „Ich wünsche euch viel Glück, geht bloß kein Risiko ein. Hauptsache ihr kommt gesund zurück". „Klar, ich bringe die beiden gesund zurück". „Danke Steven, aber pass auch auf dich auf.

Ok?". „Sicher Selma, ich pass auf mich auf". „Gut dann melde dich, wenn ihr der Auftrag abgeschlossen habt". „Mach ich Selma bis später". „Danke Steven". Damit war alles gesagt und wir legten auf. Ich war froh, das es Selma gibt, sie war die Beste.

Später erreichte ich wieder das Restaurant und ließ mir erstmal etwas Gutes schmecken. Die Küche hier in Jackson war unglaublich. Die ganzen Meeresfrüchte und die Gewürze. Was die Köche hier zaubern, war fantastisch. Zwei Stunden später schleppte ich mich mit einigen Kilo Übergewicht zurück zum Motel. In meinem Zimmer verfiel ich sofort in einen tiefen Verdauungsschlaf.

Der Traum

„Dieser verdammte Waschbär" hörte ich meinen Vater brüllen. Ich sah vom Frühstück hoch und aus dem Fenster. Dort stand mein Vater, der mit rotem Kopf die Mülltonnen aufstellte. „Klar ein Waschbär", dachte ich mir. Aber ich hatte das Wesen gesehen, als ich nachts nicht schlafen konnte, weil es so warm war. Ich saß am Fenster und schaute in die Nacht hinaus, als ich eine Bewegung bemerkte. Es war groß, es ging auf zwei Beinen und hatte lange Arme. Dazu zwei dunkelrote Augen, die in der Nacht glänzten. Es war ein Monster, ganz klar. Kein Waschbär. Aber wer glaubt schon einem Kind. Keiner.

Ich hatte sogar im Internet nach dem Monster gesucht, aber nichts vergleichbares gefunden. Dann erstellte ich einen Post in einem Forum für alles Unbekannte. Aber auch hier Fehlanzeige, keiner wusste, was es war. Die meisten dachten, ich hätte nur geträumt.

Das war so frustrierend, aber ich würde es allen zeigen. Ich schmiedete einen Plan.

Am nächsten Wochenende ging der Test los. Ich schlich mich vor Einbruch der Nacht raus und stelle im hinteren Teil des Gartens zwei Teller auf. Ein stück Schnitzel aus der Küche und einen Apfel. Beides war mit einem Stück Stoff abgedeckt. Ich wollte wissen, womit ich das Monster am besten Anlocken konnte.

Am nächsten Morgen stürmte ich schon bei Sonnenaufgang in den Garten. Der Anblick war überraschend, lieferte mir aber verschiedene Hinweis. Die Teller waren leer, das hießt das Monster fraß alles. Was aber noch wichtiger war. Der Stoff war zerfetzt, komplett in Stücke gerissen. Das Monster hatte also scharfe Krallen. Eine einfache Falle würde das Monster nicht lange aufhalten. Ich brauchte eine andere Idee. Also räumte ich den Garten auf und beseitigte die Reste. Ich musste dafür sorgen, das meine Eltern nichts mit bekamen. Sie würden mir bestimmt verbieten, ein Monster zu fangen. In meinem Zimmer setzte ich mich an den Laptop und ging wieder ins Forum. Ich stellte eine neue Suche nach „Fallen für Monster". Schon bald gab es die ersten Antworten. Professionelle Fallen, Bärenfallen, eine Tödlicher als die andere. Aber ich wollte das Monster nicht töten, nur fangen. Ich wollte einfach nur beweisen, das ich recht hatte. Dann fiel mein Blick auf einen Post, der anders war.

„Lieber Comopar, du solltest dich lieber nicht mit dem Monster anlegen. Ich kann mir vorstellen, das du dich beweisen willst. Aber sich mit Monstern anzulegen ist keine gute Idee. Es wird sich bestimmt bald jemand da drum kümmern.

Mit freundlichen Grüßen Boss East".

Das war ein wirklich guter Rat, aber ich konnte ihn einfach nicht befolgen. Aber der letzte Satz blieb mir in Erinnerung. Nur wer sollte sich um das Monster kümmern, gab es denn Monsterjäger?. Das konnte bestimmt auch wieder keiner sagen. Also blieb es an mir hängen. Ich dachte an eine Art Hasenfalle, eine Schlinge, aber die Idee mit der

Angelschnur konnte ich gleich wieder vergessen. Ich brauchte Draht.

Ich beschaffte mir Draht aus der Garage und begann Schlingen herzustellen, als Vorlage diente mir ein Video über Drahtschlingen für Hasen. Nur das meine Etwas größer wurden. Dann suchte ich die beste Ecke im Garten aus. Gleich nach dem mein Vater zur Nachtschicht gefahren war, legte ich meine Schlingen aus und befestigte sie an einem der Bäume in hinteren Teil des Gartens. Ich hob kleine Löcher aus, in denen ich, Gemüse und Obst deponierte. Dann legte ich die Schlingen drüber. Damit waren meine Fallen ausgelegt, wenn das Monster in die Löcher griff, um sich zu bedienen, würde es mit etwas Glück in den Schlingen hängen bleiben. Zumindest war das der Plan.

Ich war vorbereitet und ging nach dem Abendessen gleich ins Bett. Meinen Wecker hatte ich auf 2 Uhr nachts gestellt, dann wollte ich mich auf die Lauer legen. Ich bereitete alles vor, was ich brauchen würde. Eine Taschenlampe und ein Fotoapparat zusammen mit meinem Baseballschläger. Sicher ist sicher. Dann schlief ich ein und erwachte durch ein Piepen. Der Wecker, dachte ich und schlug die Augen auf. Ich zog mir etwas über und ging mit meiner Ausrüstung zur Hintertür. Das Haus war still und ich war mir sicher das meine Mutter tief und fest schlief.

Dann schlich ich langsam durch den Garten, mit hoch erhobenen Schläger in der einen und der Taschenlampe in der anderen Hand. Es war dunkel und ruhig, also war das Monster wohl noch nicht da gewesen. Ich hatte Vertrauen in meine Fallen. Sah mich nun doch noch nervös um. Nicht das, dass Monster plötzlich hinter mir war. Ich leuchtete weiter in Richtung des Baumes und erstarrte. Dort lag etwas auf dem Rasen. Es war groß und schwarz, lange zottelige Haare bedeckten seinen Körper.

Ich holte den Fotoapparat heraus und wollte das Monster grade fotografieren, als es den Kopf hob und mich böse anstarrte. Ich sah dunkelrot leuchtende Augen, es war, als ob etwas in ihnen schimmerte. Dazu zeigte das Monster seine weißen Zähne. Es waren spitze Zähne mit drei Reißzähnen, der vierte fehlt, schoss es mir durch den Kopf. Aber das war nichts was mich Beruhigte, das Monster war Sauer. Seine beiden Arme waren in Schlingen gefangen. Der Draht hatte sich schon in sein Fleisch geschnitten, es sickerte langsam Blut durch das Fell.

Mir viel vor Schreck der Fotoapparat aus der Hand und es blitzte auf. Es war wie ein Auslöser, das Monster bäumte sich auf und schoss auf mich zu. Es wurde durch den Draht zurückgerissen und überschlug sich. Aber es sprang sofort wieder auf und zog an den den Drähten. Es fauchte wütend und zerrte weiter, was nur dafür sorgte, das sich der Draht tiefer ins Fleisch schnitt. Dann Biss das Monster zu, es biss auf den Draht der rechten Hand und mit einem „Pling" wurde der Draht durchbissen. Das Monster hielt kurz inne und starre erst den Draht der linken Hand an, dann mich.

Ich erwachte als es den Draht der rechten Hand durchbissen aus meiner Erstarrung. Ich taumelte rückwärts und begann zum Haus zu laufen. Dann hörte ich erneut ein „Pling".

Ich wusste, das es der zweite Draht war. Ich drehte mich um, was sich als Fehler rausstellte. Ich stolperte und viel der länge nach hin. Wieder drehte ich mich um und versuchte wegzukriechen. Ich sah ein riesiges schwarzes Monster mit gefletschten Zähnen und scharfen Krallen auf mich zu kommen. Es war nur noch zwei Meter entfernt, ich schloss die Augen und musst lächeln. Jetzt würde mein Vater wissen, das es kein Waschbär war, wenn er mich zerfleischt im Garten findet.

Ich öffnete die Augen und hatte mit meinem Leben abgeschlossen. Das Monster war noch einen Meter entfernt, als es plötzlich begleitet von einem Geräusch wie von einem Gummiband zusammenzuckte. Dann ertönte das Geräusch nochmal und das Monster bliebt stehen. Es sah an mir vorbei und setzte sich wieder in Bewegung. Da ertönte erneute das Geräusch und das Wesen sackte zusammen. Es viel mir fast vor die Füße und starre mich an. Das Leuchten seiner Augen erlosch und die Augen wurde trüb. Das Monster war Tod, aber warum. Was war hier passiert. Ich zuckte zusammen, als eine Stimme ertönte und sagte.

„Ich habe dir doch geschrieben, das sich bestimmt bald jemand da drum kümmert". Ich drehte langsam den Kopf und brauchte einen Moment, um den Mann zu erkennen. Er war komplett in einen schwarzen Kampfanzug gehüllt, was es schwer machte ihn zu erkennen. Dann trat er etwas näher. „Alles ok bei dir oder bist du verletzt" fragte er freundlich. Das gab mir die Zeit, ihn genauer in Augenschein zu nehmen, er sah aus wie ein Soldat mit Kampfanzug. Er trug eine seltsame Weste und erst dann viel mir die Pistole auf. Sie sah aus wie eine dieser Waffen in den Agentenfilmen, eine Pistole mit Schalldämpfer. Das war also das komische Geräusch. Er hatte das Monster erschossen. Ich schüttelte den Kopf und fragte nur „Boss East?". „In Person" sagte er mit einem grinsen. Dann sah er sich um. „Ich bringe das Vieh zum Wagen und du räumst solange deine Fallen weg".

Er setzte sich in Bewegung. „Nein" reif ich. Er erstarrte und sah zu mir runter. „Wie bitte, nein?". „Ja, also Nein. Nicht solange ich nicht weiß, was das ist. Außerdem brauche ich noch ein Foto". Der Mann war gefährlich, so viel war klar. Aber er hatte mich vor dem Monster gerettet, also schien er auf meiner Seite zu sein. Er schien überrascht zu sein, von meiner Antwort. An seinem Gesicht sah ich, das er über meine Antwort nach zu denken schien. „Also gut, ich erzähle die etwas über dein Monster, aber dafür hilfst du mir das Wesen zum Auto zu bringen. Einverstanden?". Jetzt war ich der Überraschte. „Ja, natürlich". Er griff sich den Oberkörper und sagte. „Du die Beine". Ich nickte, stand auf und schaute mir das tote Monster an. Dann griff ich vorsichtig die Beine des Monsters. Sie waren haarig, über und über mit dicken schwarzen verfilzten Haaren bedeckt. Er hob das Wesen hoch und ich half mit. Zusammen brachten wir das Monster zu einem großen schwarzen Jeep, mit einer Ladefläche, der vor dem Haus stand.

„Verdammt schwer" keuchte ich, als wir das Monster eingeladen hatten. „Ja, ein Alphamännchen. Diese Monster, heißen Sumpffratzen. Sie leben in Rudeln und sind fähige Jäger" erklärte er plötzlich. Ich sah mich nervös um. „Rudeln" fragte ich vorsichtig. Er lächelte. „Ja, aber keine Angst, er war alleine. Ich bin mir sicher, das er von einem anderen Männchen abgelöst wurde. Dadurch werden sie aus dem Rudel ausgestoßen und müssen sich alleine durchschlagen. Das überleben die meisten nicht, dieser hier hatte Glück. Er hat hier etwas zu Fressen gefunden und einen sicheren Platz vor Feinden".

Ich schaute ungläubig auf das Monster. -Sumpffratze- korrigierte ich mich in Gedanken. „Unglaublich, das heißt es gibt noch mehr von denen?". „Aber sicher". Er setzte sich auf die Ladefläche und schaute mich an. Ich wusste nicht, was er erwartet, also blieb ich still. Dann viel mir etwas ein. „Werden sie jetzt die anderen Sumpffratzen jagen?". Er schüttelte den Kopf. „Aber nein, wieso den?". „Aber sie sind doch ein Monsterjäger, oder nicht". Er lachte leise. „Nein ich bin nur für die Aufrechterhaltung der Ordnung hier. Ich rotte doch nicht alles aus, was nicht in die Welt der Menschen passt. Immerhin konnte er nur überleben, weil der Mensch sich so weit ausgebreitet hat. Jetzt ist er erledigt, damit bin ich hier fertig". Fertig, hallte es in meinem Kopf. „Aber was machen sie den jetzt mit der

Sumpffratze". „Die wird verbrannt, das ist das sicherste". Ich schüttelte den Kopf. „Und wenn noch so eine Sumpffratze kommt?". „Warum sollten sie hier her kommen. Hast du jemals von einer Sumpffratze gehört. Bestimmt nicht, das liegt daran, das sie sich versteckt halten und wenn doch mal eine in bewohnte Gebiete eindringt, kümmern wir uns da drum". „Wir" fragte ich überrascht. Er sah sich unschuldig um. „Glaubst du, ich könnte mich alleine um alles kümmern. Was passiert?". Ich schüttelte den Kopf. „Also gut ich will dir noch etwas geben. Du scheinst Mum zu haben". Damit stand er auf und schloss die Ladeklappe.

Er ging zur Fahrertür und setzte sich hinter das Lenkrad. Ich stand am offenen Fenster und beobachtete ihn genau. Er griff in eine Aktentasche und holte eine kleine Karte hervor. Diese überreichte er mir mit den Worten. „Falls du wissen willst, was noch in der Welt vor geht, ruf mich an, wenn du 16 bist". Damit überreichte er mir die Visitenkarte. Ich begann sofort zu lesen.

„John Koller, East Coast Insurance. Abteilung Schadenfeststellung" stand in großen Buchstaben auf der Karte. Ich drehte sie um und entdeckte nur die Firmentelefonnummer, keine Adresse.

Er startete den Wagen und meinte. „Dieses Angebot erhält nicht jeder. Überleg es dir gut". Dann legte er einen Gang ein und fuhr in der Dunkelheit davon. „He, ich wollte noch ein Foto machen!" Reif ich hinterher. Ich hätte schwören können das ich ein dumpfes Lachen hörte.

Verstärkung

Ich erwachte und dachte über meine erste Begegnung mit John und der Sumpffratze nach. Dann machte ich mich langsam fertig. Es war der Tag vor einer Mission. Dann ließ ich den Tag möglichste ruhig angehen. Aber ich musste mich ja trotzdem bereit halten, immerhin würden die anderen heute noch ankommen. Außerdem brauchten wir ein Boot und eine Karte des Gebietes.

Wer weiß wann die beiden hier aufschlagen. Ich zog Sportzeug an und ging erstmal laufen, so konnte ich meine Gedanken sortieren. Als ich wieder zum Motel kam sah ich Catarina Wittmor genannt „Lady" aus dem Büro kommen. Sie sah sich nicht um, sagte aber. „Guten Morgen Blade. Schon früh unterwegs". Sie hatte mich natürlich bemerkt, ihre Wahrnehmung war so scharf wie immer. „Guten Morgen Lady, ich habe Zimmer 2. Gib mir Zeit zum Duschen. Dann treffen wir uns in dem Cafe rechts neben dem Motel". „Verstanden, Cafe neben dem Motel". Nach dem Einchecken wollte ich erstmal das Zimmer in Augenschein nehmen, wer weiß, wo Selma uns untergebracht hat. Steven war bestimmt schon auf den Beinen. Ihn zu finden erwies sich als nicht allzu schwer, immerhin kam er grade die Straße hochgelaufen. Ich grüßte und wir verabredeten uns für später im Cafe. Während Steven in sein Zimmer ging, um zu duschen, wollte ich mich erstmal einrichten. Meine Kleider sind sensibel und sollten nicht zu lange im Koffer bleiben. Als ich das Zimmer betretten hatte, war ich zufrieden, zumindest war es sauber hier. Ich hatte schon in Zimmern geschlafen, die ich mir mit ungebetenen Gästen teilen musste. Ich holte meine Kleider raus und hängte sie in den Schrank. Dann kontrollierte ich mein Aussehen im Badezimmerspiegel, wären ich meine Cremes aufstellte. Immerhin muss dieser Körper gepflegt werden, man wird ja nicht jünger, nur reifer und erfahrener.

„Shawn Breston, East Cost Insurance" stellte Shawn sich im Büro des Motels vor. Das junge Mädchen blickte ihn mit großen Augen an. „Verzeihung, ja ihr Zimmer. Entschuldigen sie bitte". Das junge Ding war wohl etwas überfordert, aber jemand wie mich sieht

71

man auch nicht alle Tage, dachte Shawn lächelnd. Er war fast zwei Meter groß und hatte kein Gramm fett an seinem Körper. Dazu Muskeln aus Stahl und ein eine blonde Mähne. Alles in allem sah er aus wie Herkules, das konnte die Leute schon ein wenig irritieren. Dann gab es ein wenig Papierkram und den Zimmerschlüssel. Shawn schenkte dem jungen Mädchen noch ein lächeln und verschwand in Richtung Zimmer. Echt schön hier, dachte Shawn und schloss sein Zimmer auf. Ich achtete nicht weiter auf den Raum, sondern stellte nur seinen Koffer ab. So erstmal die anderen finden, wenn „Balde" schon nach Hilfe ruf, dann sollte ich ihn schnell finden. Ich bin gespannt, wie schlimm die Mission wird. Mit Sumpffratzen sollte man sich nicht alleine anlegen. Ich verließ das Zimmer und schloss die Tür hinter mir. Grade als ich die Treppe runter ging hörte ich. „Hallo Riesenbaby, du bist also auch mit von der Partie".

Nachdem ich den Sitz meines Kleides überprüft und mein Make-up aufgefrischt hatte verließ ich das Zimmer und sah einen Riesen auf der Treppe stehen. Leo, ganz klar. Ich mochte den Mann, er war wie ein kuscheliger Teddybär. Er war nicht der Typ Mann, mit dem ich mich einlassen würde, aber er war ein wirklich guter Freund. Ich rief „Hallo Riesenbaby, du bist also auch mit von der Partie".

Leo drehte sich um und erkannte Lady in einem blauen Kleid, wie sie oben am Geländer stand. Der Wind spielte mit ihrem Haar und sie lächelte, als würde ihr die Welt gehören. Insgeheim bewunderte er sie für ihre Zuversicht. Sie war nicht unter zu kriegen. „Lady, komm runter und lass dich drücken" reif Leo. „Aber zerknitter nicht mein Kleid" meinte Lady lachen, während sie die Treppe runter schritt. Sie war so elegant. Aber immerhin war sie ja auch eine echte Lady. Lady Catarina Wittmor, war eine echte Adelige. Sie hatte kein Geld oder Land, das hatten ihre Vorfahren alles durchgebracht. Aber sie hatte noch ihren Titel und auf den ließ sie nichts kommen. Sie unterschrieb sogar mit Lady Catarina Wittmor. Leo schnappte sich Lady und drückte sie sanft an seine riesige Brust. Dann setzte er sie wieder ab und meinte. „Nicht das ich dich

73

noch kaputt mache, Lady". Lady lachte „Das will ich erleben, wie du das schaffen willst".

„Also wo steckt unser furchtloser Anführer, der um Hilfe gerufen hat". „Lass das nicht Blade hören, sonst zieht er dir die Hammelbeine lang". Leo blickte sich um, meinte dann aber grinsend. „Ach was Blade schaff ich schon, er kommt ja langsam in die Jahre. Er ist doch schon fast ein alter Mann". Lady sah Leo scharf an. „Du scheinst heute wirklich mutig zu sein, oder hast du dir dein Gehirn wegtrainiert?". „Ach komm schon Lady, man wird sich doch einen kleinen Scherz erlauben dürfen". Das brachte auch Lady zum Lachen. „Also los, Balde kommt bestimmt gleich ins Cafe. Er wollte nur noch eben duschen". „Dann hast du ihn also schon getroffen, ging es ihm gut?". „Sicher, er war wieder laufen, wie jeden morgen. Ich habe keine Verletzung oder körperliche Einschrankung bemerkt". „Gut, gehen wir ins Cafe" meinte Leo zufrieden.

Nachdem ich mich umgezogen hatte, ging ich in das Cafe. Ich erkannte „Leo" schon von weitem. Ein Hüne von zwei

Metern, muskelbepackt von oben bis unten. Dazu sein Blondes wallendes Haar. Er sah aus wie Hercules, war aber lammfromm. Zumindest für seine Freunde. Ihn zum Feind zu haben, wünsche ich allerdings niemanden.

„Leute, willkommen in Jackson". Die beiden drehten sich zu mir und lächelten. „Blade. Freut mich, dich zu sehen" sagte Leo laut. „Leo. Freut mich das ihr da seit. Lady ist bei dir alles klar". „Ja, ich war auf dem Weg hier her, als ich unser Riesenbaby gefunden habe. Ich dachte mir, ich nehm ihn gleich mit". Ich setzte mich und sah, das die beiden schon Getränke hatte. „Wer ist hier ein Riesenbaby, Lady?". „Du mein großer". Leo grinste „Das ist aber nicht die Art einer Lady, oder?". Die Kellnerin erschien und ich bestellte einen großen Cafe. „Also was liegt an, Blade" fragte Leo sofort.

Ich musste einfach lächeln bei seinem Anblick. Aber ich begann sofort mit der Missionserklärung. „Also Leute, ihr müsst noch eure Kisten holen. Ich besorge in der Zwischenzeit ein Sumpfboot und eine Karte der Gegend. Dann brechen wir morgen in

75

das Mississippi-Delta auf, eine freundlichen romantische Sumpflandschaft. Wir suchen die trockenen Inseln ab und hoffen, die Höhle oder den Unterschlupf der Sumpffratzen zu finden". „Uhh Sumpffratzen. Die sollen wirklich übel sein" meinte Lady. „Ja, aber Blade soll sich mit den Viechern auskennen. Hab ich mal gehörte" erklärte Leo und lehnte sich zu mir rüber. „Dann erzähl mal Blade".

Ich atmete tief durch. „Also gut. Kurze Erklärung zu den Sumpffratzen. Es sind großen Affen, ähnlich den Pavianen. Dazu haben sie lange Arme und Beine. Ein dichtes schwarzes Fell, große Augen und spitze Reißzähne. Es gibt aber einige Besonderheiten. Sie können schwimmen und durch ihre Schwimmhäute zwischen den Klauen, sind sie in der Lage kurze Distanzen zu rennen. Sagen wir mal so, es sieht aus, als ob sie über das Wasser laufen können. Die Krallen sind messerscharf und die Zähne können sogar Draht durchbeißen. Außerdem sind sie Rudeljäger und haben einen Anführer".

Leo und Lady waren Still geworden und wirkten nachdenklich. „Also wirklich üble Viecher" meinte Leo grübelnd. Lady nickte nur. „Ich würde sagen wir treffen uns gegen Mittag wieder hier und gehen dann Essen. Ich hab ein wirklich gutes Restaurant hier in der Nähe gefunden. Mit örtlichen Spezialitäten. Einfach Lecker, glaubt mit". Leo war sofort begeistert, auch Lady lächelte. „Macht eure Besorgungen, wir treffen uns später wieder hier". Beide nickten und wir verfielen kurz in schweigen.

Dann begannen wir Geschichten auszutauschen. Wie es uns so ergangen ist, wer wo war. Was wir erlebt hatten. Wir redeten gut eine Stunde, dann trank ich aus und stand auf. Leo meinte „So jetzt besorgen wir erstmal unsere Kisten, Lady. Darf ich dir meine Hilfe anbieten?". Lady kicherte. „Aber sicher, ich wusste doch, auf deine starken Arme kann ich mich verlassen". Damit verschwanden die beiden in Richtung des Parkplatzes.

Ich stieg in meinen Wagen und fuhr in die Stadt. Ich hielt bei einem Bootsverleih und reservierte für morgen ein Sumpfboot. Ein großes Boot mit einen Propeller, aber man konnte auch paddeln. Dann ging es weiter in die Innenstadt. Ich blieb im Wagen sitzen und überlegte, wo man am besten eine Karte der Gegend her bekommen könnte. Normalerweise bekommt man diese bei einem Landesvermessungsamt. Aber wo soll ich hier damit anfangen. Ich griff auf die einfachste Methode zurück. Goggle. Kartenhändler, tippte ich ein und wartete auf die Ergebnisse. Dann suchte ich den Ersten auf der Karte auf. Beim Dritten hatte ich Glück. Er besaß eine aktuelle Karte und war bereit, mir eine Kopie zu verkaufen. Damit hatte ich alles, was ich brauchte. Somit hatten wir alles und konnten wie geplant morgen die Mission beginnen.

Leo schloss den Wagen auf und setzte sich hinters Steuer. Lady nahm neben ihm platz und meinte „Fahrer zum Ausstatter, bitte". Sie war kurz davor gewesen, sich nach hinten zu setzen, aber verwarf den Gedanken gleich wieder. Vor ihren Kollegen mit ihrem Stand anzugeben war nicht nötig. Leo spielte mit und antwortete. „Sehr wohl Lady Wittmor". Dann gab er Gas, das der Wagen einen Satz machte. „He Leo, übertreib es nicht". Leo grinste nur und fuhr weiter. So kamen sie sicher bei Ausrüster an und stiegen aus. Als sie den kleinen Laden betraten, seufzte Leo. Auch Lady erkannte warum, die Gänge waren ziemlich eng. Für jemand mit Leo´s Statur glich es einem Hindernislauf, um zum Tresen zu kommen. „Gleich" rief jemand aus dem hinteren Teil des Geschäfts. Lady schritt sicher voran und erreichte den Tresen, hinter diesem stand ein Mann, der wohl grade gefrühstückt hatte. Eine Serviette hing an seinem Hals und Brötchenkrümel rundeten das Bild ab.

„Wir hätten gerne unsere Kisten, Kiste 6 für mich und Kiste 4 für den Herren". Damit zeigte sie auf Leo, der sich langsam näherte. Der Mann schluckte und sagte. „Natürlich, Kiste 6 und 4 wie bestellt". Er brachte die Kiste mit der 6 und legte sie vorsichtig auf den Tresen. Dann verschwand er wieder und kam mit der Kiste 4. Wieder legte er sie übertrieben vorsichtig auf den Tresen. Lady fiel auf, das der Mann nervös war. „Ist alles in Ordnung mit ihnen?". „Natürlich, aber mit den Kisten sollte man vorsichtig umgehen, bei dem Inhalt". Lady zog eine Augenbraue hoch. „Sie wissen, was drin ist?". Der Mann schüttelte heftig den Kopf. „Natürlich nicht, aber ich weiß von der Sicherung. Einer von ihnen hat mir davon erzählt". Lady schmunzelte und dacht, Blade was hast du dem armen Kerl erzählt. „Gut, das sie davon Wissen. So kommen sie nicht auf dumme Ideen. Einen Schönen Tag noch".

Damit schnappte sie sich beide Kiste und steuerte auf Leo zu der immer noch versuchte zum Tresen zu kommen. Lady knickte plötzlich weg und fing sich erst kurz bevor die Kiste auf dem Boden aufschlug. „Puh, das wäre beinah schief gegangen" murmelte Lady, grade noch laut genug das der Betreiber des Ladens es hören konnte. Leo war jetzt bei ihr und griff sich die Kisten. „Alles klar bei dir Lady, sind die echt so schwer das du Stolpers?". „Nein, aber ich glaube Blade hat wieder Blödsinn erzählt. Schau dir den armen Ausrüster mal an. Völlig verängstigt".

Leo warf dem Mann ein Blick zu und drehte sich grinsend um. „Vermutlich, ach was ganz sicher hat er das. So ist Blade nun mal".

Dann schlängelte Leo sich mit den beiden Kisten zurück zur Tür. Lady hielt sie auf und meinte. „Bitte sehr der Herr". „Danke meine Lady". Dann verlud Leo die beiden Kisten im Auto und sie machten sich auf den Weg zurück zum Motel.

Ich kam zum Motel zurück und ging in mein Zimmer. Dann legte ich alles für morgen bereit. Meinen Anzug und die Waffen blieben aber weiter in der Kiste. Meinen Rucksack dagegen packte ich mit allem, was man so brauchen konnte. Ich war froh, alles bekommen zu haben. Dann setzte ich mich ins Cafe und wartete. Nach 2 Kaffee fuhr der Wagen mit Lady und Leo auf den Parkplatz des Motels. Es dauerte noch mal gut 10 Minuten, bis sie ins Cafe kamen. Sie hatten wohl noch ihre Kisten ins Zimmer gebracht. Ich hob kurz die Hand, aber die Geste war ziemlich überflüssig, da ich der einzige Gast war. Zumindest kam die Kellnerin sofort zu mir. „Noch einen Cafe?". „Nein, aber ich möchte Zahlen bitte". „Natürlich, Bar oder mit Karte?". „Bar". „Sehr gerne, ich bringe ihnen gleich die Rechnung".

Damit verschwand sie und Leo und Lady standen am Tisch.

„Moin, Blade. Willst du noch was trinken oder gehen wir gleich zum Essen" fragte Leo. „Ich wollte gleich los, Essen und Ausruhen. Mehr ist heute nicht für mich drin". „Faulpelz" meinte Leo grinsend. „Sag mal Blade, was hast du dem Lageristen der Kisten den erzählt?. Er war komisch blass um die Nase" fragte Lady. Sie hatte ein gutes Gespür für Menschen und ihren Gefühlszustand. „Ach nichts Besonderes, aber er hatte extra betont das die Kiste noch verschlossen ist. Da konnte ich nicht anders als zu Antworten". Leo schüttelte den Kopf und Lady grinste. „Doch nicht wieder sowas wie damals. Was genau war das noch, ach ja. Dann wäre der Laden explodiert, oder so" meinte Lady. Ich grinste nur. Leo konnte nicht anders und lachte herzhaft. „Darum war er so vorsichtig. Das erklärt einiges". Ich stand auf und ging der Kellnerin entgegen. „7,20 Dollar, bitte". Ich gab 10 Dollar mit den Worten „Bitte stimmt so". Und verabschiedest mich mit einem lächeln. So gingen wir zum Restaurant und bestellten etwas zu Essen. Leo war begeistert, aber auch Lady schmeckte es. „Du hattest Recht, der Laden ist Spitze" meinte Leo auf dem Rückweg. „Besprechen wir noch kurz, wie die Mission morgen abläuft" fragte Lady scheinheilig. „Wir treffen uns um 9 Uhr und fahren zum Bootsverleih. Dann fahren wir die nahe gelegenen Landmassen an und paddeln den Rest wenn wir nah dran sind. Wir müssen dafür von der Wind abgewandten Seite kommen. Nicht das sie uns riechen. Dann greifen wir das Rudel an und versuchen, so viele wie möglich zu erwischen. Das war es dann". „So wie du das sagst, klingt es ganz einfach. Also wo ist der Harken bei der Sache?" fragte Lady. Ich nickte „Ja, der Harken ist das sie im Rudel angreifen werden. Wenn der Überraschungseffekt verpufft ist, greifen uns alle restlichen Sumpffratzen an. Sie sind schnell und haben scharfe Klauen und spitze Zähne, vergesst das nicht".

Beide überlegten und Leo meinte dann. „Also werden sich viele von den Viechern auf uns stürzen. Hast du eine Idee mit wie vielen wir rechnen müssten?". „Leider nein, aber ihr Rudel ist groß genug, um sich in besiedelte

Gebiete und auf die Jagd nach Menschen zu trauen. Also ist es ein sehr großes Rudel". „Klingt nicht grade gut. Aber wieso werden die Viecher nicht komplett ausgelöscht" fragte Lady. „Lady, wir bestimmen nicht, welches Tier lebt und welches stirbt. Wir sorgen nur für die Balance. Das ist alles". „Balance, aber wenn sie so gefährlich sind". „Sie sorgen aber auch dafür, das Kranke Tiere gefressen werden, auch das die anderen Tiere nicht überhandnehmen. Alles auf dieser Welt hat seine Aufgabe". „Klingt wie aus dem Lehrbuch, schön auswendig gelernt. Blade" meine Leo.

Wir lachten und erreichten das Motel. „Also Leute wir treffen uns morgen früh. Pünktlich um 9 Uhr". „Verstanden" antworteten beide und grinsten. Dann sah ich den Blick der beiden. Sie schielten beide in Richtung der Motel-Bar. Ich schüttelte nur den Kopf und meinte. „Übertreibt es nicht". Dann verschwand ich auf mein Zimmer. Ich machte noch ein paar Übungen, um mich zu entspannen. Dann stellte ich meinen Wecker und legte mich hin. Der Wecker riss mich aus einem tiefen ruhigen Schlaf, aber sobald meine Augen erstmal offen waren, konnte es Los gehen. Ich holte die Kiste raus und zog meinen Anzug an. Er war schwarz, mit Karbonplatten verstärkt und sah aus wie ein Kampfanzug. Dazu eine Weste und feste Stiefel. Ich könnte fast als Jäger durchgehen, jetzt noch ein Gewehr und die Verkleidung wäre perfekt. Fehlt nur noch der Mantel. Da drunter ließ sich auch die Pistole und mein Schwert verbergen.

Ich zog den Halfter über und steckte die Pistole ein. Dann holte ich die Teile meines Schwertes raus und setzte es zusammen. Es ließ sich ineinanderschieben und verriegeln. Dann hatte man ein ca. 50 Zentimeter langes Schwert. Beide Seiten waren scharf genug, um ein Blatt Papier zu schneiden. Außerdem war es aus einem besonderen Material, das fast unzerbrechlich war. Ich zog die Scheide über meinen Rücken und schob das Schwert von unten hinein. Dann schob ich die Sicherung vor. Jetzt war ich bereit.

Ich atmete tief durch und verließ das Motelzimmer. Draußen steig ich in den Wagen und wartete auf Leo und Lady, zu meiner

Überraschung waren die beiden sogar pünktlich. Lady sah aus, als würde sie zu einem Ball gehen. Sie hatte keinen normalen Mantel übergezogen, sondern einen Poncho. Er schien das Licht aufzusaugen, so schwarz war er. Aber er verlieh ihr eine Eleganz, die unbeschreiblich war. Dazu waren ihre langen Haare streng nach hinten gekämmt und zu einem Zopf vereint.

Leo dagegen sah aus wie aus ein Wikinger. Er war in eine Lederrüstung gehüllt und hatten ebenfalls einen Ledermantel übergezogen. Aber wenn man weiß, worauf man achten muss, sah man deutlich die Axt auf seinem Rücken. Auch die schweren Lederstiefel passten zu seinem Outfit. Dazu trug er noch ein rotes Stirnband, das seine blonde Mähne bändigte. Er grinste über beide Ohren.

Die beiden stiegen ein und stellten ihre Rucksäcke in den Fußraum. „Guten Morgen Blade" sagte Lady und lehnte sich zurück. „He Blade, findest du nicht, das Lady besonders aus sieht". „Besonders?". „Ja, fehlt nur noch ne Peitsche oder". Dann begann er schallend zu lachen, das Auto erbebt unter seinem

Gelächter. Lady wurde rot und buffte Leo in die Seite. Das hielt ihn aber nicht auf und er lachte weiter. Ich betrachtete Lady und wusste nicht recht, was er meinte. Vielleicht die Frisur, dachte ich. Ich grinste und sagte. „So schlimm ist es nicht Lady, Leo hat nun mal ein einfaches Gemüt". Lady sagte trotzdem nichts. Ich zuckte mit den Schultern und ich startete den Wagen. Dann fuhren wir Los zum Bootsverleih.

Angekommen stellte ich den Wagen ab und ging zum Tresen. „Guten Morgen, ich habe ein Sumpfboot gemietet. Steven Moore". Die Dame hinter dem Tresen blickte auf. „Natürlich Herr Moore, das Boot steht draußen. Nummer 2. Hier sind die Schlüssel. Es ist vollgetankt und wir rechnen ab, wenn sie wieder kommen". „Danke, genau das wollte ich hören. Ich melde mich dann, wenn wir zurück sind". „Gerne, eine schöne Bootstour. Fahren sie aber bitte nicht zu tief ins Delta. Sie sind für Schäden haftbar". Ich grinste und schnappte mir den Schlüssel. „Natürlich" sagte ich beim Rausgehen.

„Leute ich hab die Schlüssel, wir können los". Leo und Lady standen beim Wagen und sahen gelangweilt aus. Dabei hatte ich den Papierkram extra gestern erledigt. Dann kamen sie zu mir. Ich ging nach hinten und sah mir die Boote an. Dann steuerte ich auf das mit der Blauen 2 zu. „Das hier sollte es sein" reif ich. Ich kniete mich hin und schloss die Kette auf, die das Boot sicherte. Dann sprang ich rein und reichte Lady meine Hand. „Entlich, wenigsten einer ist hier ein Gentlemen". Damit griff sie zu und stieg ins Boot. Leo brachte die Rucksäcke, während Lady es sich bequem machte. Dann stieß er das Boot ab. Augenblicke später startete der Motor und wir begannen die Suche nach den Sumpffratzen.

Nachdem wir eine Weile unterwegs waren, holte ich die Karte raus. Dann stellte ich den Motor ab und begann unsere Position zu überprüfen. Lady zog den Poncho aus und Leo kicherte wie ein kleines Schulmädchen. Ich sah zu Lady auf und wusste sofort, warum er kicherte. Lady blicke zu Leo und dann zu mir. „Was ist denn jetzt schon wieder". „Ach ich dachte grade, es fehlt tatsächlich nur noch eine Peitsche. Dann könntest du auch ein anderes Geschäft eröffnen. Bei dem Lack-

und Lederoutfit" meinte Leo unschuldig. Jetzt konnte selbst ich mich nicht mehr halten und lachte los. „Er wollte höflich ausdrücken, das du ein wenig an eine Domina erinnerst" meinte ich entschuldigend. „Eine was, ich glaube, ich habe mich verhört" fauchte Lady sogleich. Mit diesen Worten griff sie langsam hinter ihren Rücken. Die meisten Hunter hatten ihre Waffen auf dem Rücken.

Ich hob sofort beide Hände. „Ach komm schon Lady, er meint es nicht böse. Leo sagt nun mal immer, was er denkt. So ist er nun mal". Leo hörte auf zu kichern und wurde wieder ernst. Lady atmete tief durch und schien sich wieder zu beruhigen. „Pass lieber auf was du sagst Leo, Lady ist sehr aufbrausend". „Verstanden, Blade. Entschuldige Lady, aber ich habe dich noch nie in Kampfmontur gesehen. Da ist es einfach über mich gekommen". Lady nickte. „Lass beim nächsten mal einfach die Kommentare. Du siehst auch nicht besser aus, mit deiner Lederkluft erinnerst du eher an einen Biker". Leo blickte betreten zu Boden. „Du hast ja recht, jeder hat seine Vorlieben und Wohlfühlklamotten". „Auch Blade sieht aus wie ein Soldat. In seinem Kampfanzug". „Wie wäre es, wenn wir uns jetzt wieder auf unsere Mission konzentrieren?" Fragte ich. Beide nickten. Dann legte auch Leo seinen Umhang ab. Er war wirklich komplett in Leder gehüllt, aber auf seinem Rücken prangte eine mächtige Einhandaxt. Die beiden waren wirklich ein wenig speziell. Aber wir waren auf einer Mission, das hatte Vorrang. „Also die erste Stelle ist nicht weit von hier, wir sollten Rudern. Damit wir nicht gehört werden. Lady du lauscht bitte darauf, ob du etwas hörst". Lady sah sich um. „Auf was soll ich den hören?". „Sumpffratzen machen ein platschen, wie eine Ente, wenn sie sich schnell auf oder im Wasser bewegen". „Wie eine Ente". Ich schüttelte den Kopf. „Platschen, mit den Füßen. Verstehst du?". „Ach sowas, verstehe. Geht klar". Ich legte meinen Mantel ab und setzte mich, an die eine Seite des Bootes. Dann zeigte ich auf die andere Seite und sah zu Leo. „Verstehe, ich soll mit Rudern. Dann legen wir mal los". Mit diesen Worten begannen wir zu rudern. Wir drangen tief in die Sumpfwelt des Mississippi-Delta ein.

Es war ein bezaubernder Eindruck. Der Frühnebel lag über dem Sumpf. Vereinzelt ragten Bäume heraus, die mit flechten behangen waren. Der Sumpf war noch nicht erwacht, aber er zeigte sich schon von seiner Schönheit. Dann kam die erste Insel in Sicht. „Ab hier Vorsicht, da ist die erste Insel. Wir legten auf der windabgewandten Seite an und schleichen uns langsam in die Mitte. Dann schauen wir, ob wir ihren Bau finden". „Verstanden" flüsterten beide. Dann ruderten wir langsam weiter. Ich hoffte nur das sie uns nicht im Boot erwischen.

Wir legten so leise wie möglich an und stiegen aus. Leo zog das Boot vorsichtig auf die Insel. Dann nickten wir uns zu und zogen unsere Pistolen. Wir schlichen geduckt weiter, in Richtung der Inselmitte. Das Moos-Grasgemisch schluckte jedes Geräusch, das unsere Stiefel machten. Leider würde es auch die Pfoten der Sumpffratzen dämpfen. Die Anspannung war fast greifbar, dann hatten wir die Mitte erreicht und blickten über die Insel. Grünes Gras und weiches Moos unterbrochen von einzelnen Blüten, so weit der Blick reichte.

Von anderen Lebewesen fehlte jede Spur. Ich war erleichtert, zumindest für den Anfang. Die Insel lag weit weg von der Siedlung mit den Verschwundenen. Das wäre eine ziemliche Entfernung gewesen und hätte auf ein riesiges Rudel hingedeutet. Das wäre schlecht gewesen, sehr schlecht.

„Das sieht ziemlich friedlich aus, keine Monster zu sehen" meinte Leo erfreut. „Da hast du recht, Gott sei Dank". „Wieso" fragte Lady mich. „Weil das Rudel sonst größer wäre als gedacht". Beide blickten mich an und runzelten die Stirn. „Größer" fragte Lady. „Ja, weil wir hier ziemlich weit weg sind von der Siedlung, in der die Leute verschwunden sind. Je größer der Radius, desto größer das Rudel". „Oh, klingt nicht so gut. Aber da wir hier keine Sumpffratzen gefunden haben, ist das Rudel kleiner. Also ist ihr Lager näher an der Siedlung" fragte Lady. „Ja, genau. Ein Glück und ein Fluch gleichzeitig". Wieder erntete ich seltsame Blicke.

Ich seufze. „Also wir müssen weiter, solange die Sonne noch am Himmel steht". Leo lachte. „Aber sicher, lasst uns die bösen Monster finden". Ich schüttelte den Kopf. Oh man die beiden hatten echt keine Ahnung, was sie erwartet, dachte ich mir. Aber wir gingen zurück zum Boot. Dann schmiss ich den Motor an und wir fuhren weiter ins Delta. Nach einer Stunde, in der wir einem Flussarm folgten, hielt ich wieder an und ließ das Boot treiben. Ich kramte die Karte raus und sah auf meinen Kompass. „Wir müssen uns links halten. Legen wir uns wieder in die Riemen, Leo". Leo grinste und setzte sich neben mich auf die Bank. Also griffen wir uns die Paddel und legten los.

Insel der Sumpffratzen

Bald wurde der Sumpf wieder dichter. Überall wuchsen verkrüppelte Bäume, dicht mit Moos behangen. Dazu das ganze Schilfgewächs. Es wurde schwieriger, das Boot durch den Sumpf zu steuern. Aber bald kam die Insel in Sicht. Sie sah aus wie in einem Horrorfilm. Dunkles Gras, keine Blumen waren zu sehen, dazu verkrüppelte Bäume. Ein leichter Nebel hing zwischen den Bäumen. Lady zischte plötzlich. „Pssst". Wir hielten im Paddeln inne und lauschten. Wir hörten zuerst nichts Weiteres, als die Geräusche des Sumpfes. Dann ertönte plötzlich ein schnauben, es klang wie damals in meinem Garten. Ein Fauchen, als wenn sich Katzen streiten folgte.

Wir nickten Lady zu und paddelten langsam und so leise wie möglich weiter. Zur Rückseite der Insel, während Lady zu allen Seiten spähte. Dann legten wir an und stiegen aus. Der Boden war Matschiger als auf der anderen Insel. Diese Insel lag in Schatten einiger großer

Bäume, welche nicht viele Sonnenstrahlen durch ließen. Sie war der perfekte Ort für die Sumpffratzen. Ich hob die Hand und Leo und Lady kamen näher ran. „Ich glaube, hier sind wir richtig. Achtet auf den Boden, er ist ziemlich matschig. Erledigt so viele mit den Pistolen, wie ihr könnt. Aber versucht nicht nach zu laden. Die Sumpffratzen sind sehr schnell". „Verstanden" flüsterten beide. Dann schlichen wir weiter auf den kleinen Hügel zu, der die Insel krönte.

Wir erreichten die Kuppel und spähten vorsichtig rüber. Der Anblick war nicht grade schön. Es waren ungefähr 17 Sumpffratzen zu sehen. 13 Ausgewachsen Tiere und 4 Jungtiere. Die Weibchen waren nicht so leicht von den Männchen zu unterscheiden. Nur wenn ein Jungtier zu ihnen kam, waren die Weibchen freundlicher. Das war aber auch der einzige Unterschied. Ansonsten lagen überall Knochen rum, von Tieren und auch von Menschen. Es lagen auch Reste von Tieren hier und dort. Die Insel war verwahrlost. Ich schluckte und sah zu Leo und Lady rüber. Dann nickte ich und zeigte auf Leo und nach rechts. Lady zeigte ich nach links. Beide nickten und holten ihre Pistolen raus. Ich lud auch meine Pistole und entsicherte sie. „Lasst die Jungtiere ruhig fliehen, wir erledigen so viel wie möglich. Später Rücken an Rücken, vergesst die Ausbildung nicht". Jetzt grinsten beide und Leo flüsterte. „Jetzt klingst du schon wieder wie einer unserer Ausbilder". Dann erhoben wir uns und begannen sofort zu schießen. Wir streckten so viele wie möglich nieder. Die Sumpffratzen wunderten wohl über das Geräusch, das die Pistolen machten. Aber erst als die erste zusammensackte, begannen die Tiere zu verstehen, dass das Geräusch eine Bedrohung für sie darstellt. Die Tiere begannen sich umzusehen, schon als die Erste uns erblickte, begann es zu Fauchen. Die anderen wendeten sofort ihren Blick auf uns.

Ich erlegte drei, die nicht wieder aufstanden. Lady erwischte vier, aber Leo hatte nicht so viel Glück, er erwischte zwar auch drei, aber die eine Stand wieder auf. Damit hatten wir es noch mit acht ausgewachsenen Tieren zu tun, wovon eins verletzt war. Die Jungtiere hatten schon Reißaus genommen, als die ersten Erwachsenen Tiere zusammen brachen.

„Noch acht, aber die sind immer noch gefährlich" rief ich und zog mein Kurzschwert. Leo zog seine Axt und drehte sich zu meiner Rechten. Dann sah ich Ladys Dolche blitzen. Sie hatte in jeder Hand einen, es waren schwarze Dolche. Ohne viel Schmuck, dafür aber mit Parierstangen. Sie endeten in kleinen Kugeln, um Waffen abzufangen. Die Waffen waren einfach, aber effektiv. Die Sumpffratzen erforderten jetzt meine ungeteilte Aufmerksamkeit. Sie begannen uns zu umkreisen. Das verletzte Tier blieb etwas weiter hinten, außerhalb des Kreises. Aber es machte sich bereit vor zu prechen. Das verletzte Tier würde zuerst angreifen und versuchen, eine Breche zu schlagen, damit die anderen über uns herfallen könnten. Ich wusste es, bevor der Angriff kam.

„Leo, pass auf. Das verletzte Tier wird durchbrechen. Seit bereit" rief ich schnell. Dann schoss das Tier auch schon vor. Leo war gut drauf vorbereitet und schlug einen Angriff von oben, während er versuchte das Tier in die Leere laufen zu lassen. Er hatte es also auch geahnt. Lady verlor ich aus den Augen, als ich mich wieder auf die uns umkreisenden Sumpffratzen konzentrierte. Dann sprangen die anderen vor, es geschah als Rudel. Sie griffen gemeinsam an. So das jeder von uns es mit zweien aufnehmen musste. Also konnte ich annehmen, dass der Angriff des verletzten Tieres wohl nicht von erfolg gekrönt war. Die Tiere sprangen vor und ich schlug einen Aufwärtsschwung mit meinem Kurzschwert. Die Sumpffratze fiel an mir vorbei und stürzte zu Boden.

Dann war die Zweite bereits heran. Sie schlug mit ihren krallenbewährten Armen zu. Sie hatte wohl aus dem Angriff der anderen gelernt und blieb außer Reichweite meines Kurzschwertes. Ich sprang nach links, um ihren Armen zu entkommen. Dann wagte ich sofort einen Ausfallschritt, als die Sumpffratze sich zu mir drehte. Davon enttäuscht, das ihr Angriff ins Leere ging, griff sie wütend an. Ich hatte also recht mit der geringen Toleranz und der gehörigen Portion Wut. Mein

Kurzschwert zuckte vor und erwischte die Sumpffratze am Arm. Dann versuchte sie, mich zu beißen. Das war der Fehler, auf den ich gewartet hatte. Ich duckte mich unter ihrem Kopf und schoss mit dem Kurzschwert nach oben. Das Kurzschwert stieß auf ein wenig Widerstand, dann ging es getrieben durch den Schwung weiter. Ich spürte etwas Nasses in meinem Rücken, die Sumpffratze spuckte Blut. Als ich mich unter ihrem fallenden Körper wegdrehte, sah ich, das mein Kurzschwert ihren Kopf vom Kiefer bis zur Schädeldecke durchstoßen hatte.

Die Sumpffratze fiel zu Boden und ich zog im Fallen mein Kurzschwert hinaus. Erstmal durchatmen, dann den anderen Helfen, hallte es in meinem Kopf. Ich holte tief Luft und sah mich um. Leo stand schwer atmend in einem Kreis aus Leichen. Er hatte die drei Sumpffratze regelrecht zerstückelt. Sie haben ihn wohl als größte Bedrohung gesehen, da er der Größte von uns ist. Er sah mich an und hob den Daumen. Dann drehte ich mich zu Lady, auch sie hatte ihre zwei erledigt. Sie war über und über mit Blut bedeckt. Was kein Wunder war, sie war ja die einzige wirkliche Nahkämpferin.

Ich sprang zurück und schwang mein Axt, um mir die Sumpffratzen vom Leib zu halten. Ich muss ja besonders lecker aussehen, schoss es mir kurz durch den Kopf, als die drei Sumpffratzen auf mich zu stürmten. Wieder sprang eine vor und meine Axt beschrieb einen Halbkreis. Ein Arm flog an mir vorbei, mit dem nächsten Schwung ein Kopf. Dabei drehte ich mich von Links nach rechts, meine Axt beschrieb Kreise und trennte Gliedmaße und Köpfe ab. Die Sumpffratzen griffen ohne viel Verstand an, aber sie waren nicht unerfahren. Mit dem nächsten Axthieb erwischte ich die Sumpffratze quer über dem Bauch. Sie wich mit einem Aufschrei zurück, schwang aber noch eine Klaue nach mir. Doch ich war schon außer Reichweite. Neben mir flog eine Klaue vorbei. Aber ich sprang vor und setzte meiner Sumpffratze nach. Ich schlug zu und erwischte die Sumpffratze auf der Seite dort, wo vermutlich ihr Herz war. Ich zog die Axt heraus und sprang wieder in die Deckung der anderen zurück. Die erste Sumpffratze machte gleich zu

Beginn des Kampfes Bekanntschaft mit meinen Dolchen. Diese Sumpffratzen waren wendig, aber ich war schneller. Sie sprang vor und ich an ihr vorbei. Dann drehte ich mich und stieß mich in derselben Sekunde ab. So landete ich im Rücken der Sumpffratze und stieß ihr meine Dolche tief in die Seiten. Die Sumpffratze röchelte kurz und brach dann zusammen. Sie hatte noch nicht den Boden berührt, als ich meine Dolche schon wieder aus ihren Körper gezogen hatte. Dann stieß ich mich wieder ab und machte eine Rolle um wieder auf den Beinen zum stehen zu kommen. Die zweite Sumpffratze war wohl überrascht. Sie stand unschlüssig herum. Die Schreie der anderen schienen ihre Wut wieder zu entfachen. Sie starrte mich an und ging zum Angriff über. Ihre Arme schossen vor und ihr Kiefer klappte zusammen, als ihre Arme über mich hinweg schlugen. Sie hatte mit aller Kraft zugeschlagen. Das konnte ich zu meinem Vorteil nutzen. Ich sprang zurück und blieb einfach stehen. Ich bewegte keinen Muskel, mein Körper bleib starr. „Die Leere ist Starr, Starr ist die Leere" zitierte ich leise vor mich hin. Die Sumpffratze schien wieder nicht zu wissen, was sie tun sollte. Aber sie schlich sich langsam näher an mich heran. Dann hatte sie sich wohl etwas überlegt. Sie riss das Maul auf, aus dem es nach Fäulnis und Verwesung roch. So nah war sie mir schon. Ich ging auf ein Knie herunter und sprang nach vorne. So tauchte ich unter ihrem vorschnellenden Kiefer durch und hielt beide Dolche nach vorne. Ich vermutete, das sie auch mit aller Kraft zubeißen würde und hatte recht. Die Dolche drangen fast von alleine in den Körper der Sumpffratze. Erst als die Sumpffratze die Paradestange erreicht wurde sie gestoppt. Ihr Körper riss mich um, aber ich schaffte es, mich nach links abzurollen. Die Dolche zog ich noch in der Drehung aus der Sterbenden Sumpffratze. Dann stand ich auf und sah mich um.

Ich dachte an die Momente im Kampf in denen ich zu Leo oder Lady geblickt hatte. Leo sah aus wie ein Wikinger, er schlug wild aber kontrolliert um sich. Seine Axt beschrieb Kreise und zerstörte alles auf ihrem Weg. Lady dagegen war elegant, sie wirkte immer, als ob sie jede Situation im Griff hätte. Obwohl, als ich sie zu beginn des Kampfes sah, wie sie auf dem Rücken der Sumpffratze saß und ihre Dolche tief in beide Seiten gerammt hatte. Wie ist sie da nur hingekommen, normalerweise achten Tiere instinktiv darauf keinen Feind in ihren Rücken kommen zu lassen. Plötzlich hörte ich Leo rechts von mir brüllen. „Verdammt, da kommen noch mehr". Ich blickte auf den Sumpf. Dort stürmten acht weitere Sumpffratzen heran. Vermutlich hatten die Geflüchteten Jungtiere auf ihrer Flucht die anderen des Rudels getroffen. Oder sie hatten ihre panischen Rufe gehört.

Ich stellte mich neben Leo und rief. „Lady wenn du die Sumpffratze eingeritten hast, da kommen noch einige". Aber Lady war schon neben mir. Sie war schnell und leise, genau das was man von einer Assassin erwartet. „Schrei doch nicht so, ich hab sie längst bemerkt. Außerdem hat Leo, so laut gebrüllt das man es bestimmt im ganzen Sumpf gehört hat". „Formieren wie uns neu, passt auf eure Rücken auf. Wir stellen uns etwas breiter auf, so können wir im Notfall bei den anderen aushelfen. Ein Schlag zur Ablenkung hilft ab und zu auch mal". „Meine Schläge treffen immer. Zur Ablenkung, pah" brummelte Leo. Lady kicherte und stellte sich neben mir auf. Wieder standen wir im Dreieck aber mit 1-2 Meter abstand. Dadurch konnten Leo und ich unsere volle Reichweite nutzen. Lady würde in den Nahkampf gehen müssen. Aber ich glaube, das stellt für sie kein Problem da.

Die Sumpffratzen stürmten heran, sie waren nass und das Fell hing ihnen vom Körper. Aber sie sahen wütend aus und stürmten mit voller Kraft auf uns zu. Weißer Schaum tropfte ihnen vom Kiefer. Ihr Zähne waren gefletscht und sie brüllten aus Leibeskräften. Sie stürmten so schnell heran, das es aussah, als ob sie auf dem Sumpf liefen. Dann erreichten sie die Insel und es sah aus als ob sie noch an Tempo zulegten würden. Verdammt, sie würden nicht anhalten. Sie wollen uns einfach nieder rennen. Einfach über uns herfallen. „Sie wollen uns nieder rennen, Formation auflösen. Nach dem Angriff kommen wir wieder zusammen" rief ich. „Verstanden" erklang es. Wir stellten uns in einer Reihe den Sumpffratzen entgegen, jeder stand neben dem andern. Ich war in der Mitte und hatte auch nicht vor auszuweichen. Das war der Job von Leo und Lady. Der Plan ging auf, die Sumpffratzen rückten näher zusammen.

Als sie nur noch einen Meter entfernt waren sprangen Leo und Lady beiseite. Leo schwang seine Axt nach einer Sumpffratze, während er nach links auswich. Er hatte sich die Schlaufe über die Hand gezogen, damit ihm die Axt nicht aus den Händen gerissen wurde. Lady sprang und rollte sich dann ab. Die Dolche waren fest in ihren Händen, sie war die einzige Person unter den Huntern, die ich kannte die einen Sprung und eine Hechtrolle mit zwei langen Dolchen in den Händen machen konnte, ohne sich zu verletzen. Ich ließ mich einfach nach hinten fallen und riss mein Kurzschwert hoch. Die Sumpffratze hatte absolut nicht damit gerechnet. Sie stürmte über mich hinweg und schnitt sich den gesamten Körper der Länge nach auf. Das Blut floss nur so aus ihren Körper und nahm mir kurzzeitig die Sicht.

Als ich die Augen wieder aufmachte, sah ich in das Gesicht einer Sumpffratze. Die mich mit aufgerissenem Maul anstarrte. Etwas war komisch an ihrem Gesichtsausdruck. Er wirkte tot, was auch an Leos Axt liegen konnten. Der restliche Körper hing noch etwas über mir. Sie war wohl im Begriff gewesen mir ins Gesicht zu beißen.

Ich sprang zur Seite und ließ meine Axt kreisen. Schon von weiten erkannte ich, das die Sumpffratzen es auf uns abgesehen hat. Es war ihnen egal, wenn sie erwischen. Sie wollten nur Töten. Blade hatte die schlechteste Position, er hatte die Mitte. Lady konnte nicht aus der ferne angreifen, also musste ich Blade im Auge behalten. Ich stieß mich ab, gleich nach dem ich ausgewichen war. Die heranstürmende Sumpffratze wurde überrascht und weggestoßen. Der Sumpffratze, die sich grade auf dem liegenden Blade stürzen würde, rammte ich meine Axt in den Kopf. Sie hatte nicht so viel Schwung ihn abzutrennen, aber blieb im Kopf stecken und stoppte so ihren Angriff.

Also hatte Leo die Situation erkannt und die Sumpffratze mit einem Schlag getötet. Ich musste wieder auf die Beine kommen, also rollte ich mich zur Seite und stand mit einem Sprung wieder auf. Dann sah ich zu Leo, dieser schleuderte die Sumpffratze mit einer Bewegung seiner Axt weg. Dann lächelte er mich an. „Na wieder auf den Beinen. Keine Angst es sind noch genug für dich über". Damit drehte er sich den fauchenden Sumpffratzen zu, die uns umkreisten.

Ich sprang nach links und entging so der heranstürmenden Meute. Die zweite Sumpffratze stürmte einfach weiter. Also hielt ich einen meiner Dolche hin und die Sumpffratze schnitt sich selber beim Laufen zwei Pfoten ab. Ich sprang auf und als ich mich zu den anderen umdrehte, spürte ich einen brennenden Schmerz. Die Sumpffratze, der ich ausgewichen bin, hatte sich schneller umgedreht, als ich angenommen hatte. Sie hatte sofort zugeschlagen, als ich wieder aufstand. Dabei hat sie mich nur mit ihren Krallen erwischt und nicht mit der ganzen Pfote. Ich sprang zu denn anderen und bereitet mich auf den nächsten Angriff vor. Die Schmerzen blendete ich einfach aus, immerhin hatte ich das von klein auf gelernt. Wir standen wieder im Dreieck und wurden von den verbleibenden vier Sumpffratzen umkreist. „Lady alles klar bei dir" reif ich. „Ja, geht schon" zischte sie. Damit war wohl alles gesagt, wir mussten weiter kämpfen. Wieder standen wir den Sumpffratzen gegenüber. Wieder umkreisten sie uns. Dann ging es los, sie blieben stehen und sprangen vor. Die Sumpffratze schlug mit beiden Klauenhänden zu und fletschte die Zähne. Ich tauchte unter ihren Klauen hinweg und schlug einen Aufwärtshieb mit dem Schwert. Dabei drehte ich mich nach links, in die Arme der Sumpffratze hinein. Um ihren Zähnen auszuweichen. So blieben wir für einen kurzen Moment in einer tödlichen Umarmung stehen. Dann brach die Sumpffratze zusammen und ich bewegte mich sofort in Richtung von Lady. Sie war die Einzige von uns, die im Nahkampf, Mann gegen Monster kämpfen musste. Ich sah, das sie mit einer Sumpffratze im Zweikampf war, sie bewegte sich langsamer als sonst. Kontrollierter als normalerweise, ich ahnte, das der dunkle Fleck auf ihrer Rüstung nicht das Blut einer Sumpffratze war. Ich brauchte keine fünf Sekunden um die Sumpffratze halb zu umrunden und mein Kurzschwert in ihre

Seite zu schlagen. Dann war ich mit einem Sprung in Richtung Leo unterwegs, der es mit zwei Sumpffratzen zu tun hatte. Vermutlich haben auch sie ihn als größten Gegner, auch als größte Gefahr eingeordnet. Leo wich ihren Zähnen aus und blockte ihre Angriffe mit der Axt. Es war ein mörderischer Tanz. Immer wieder versuchte er, einen Treffer zu landen und die Sumpffratzen wichen zurück. Das trieb eine direkt mit dem Rücken zu mir. Sie sprang zurück, während mein Kurzschwert vor stieß. Das Kurzschwert drang durch den Rücken und stieß bis vorne durch. Der Sumpffratze ragte meine Schwertspitze aus der Brust. Das letzte Tier wurde von Leo zurückgetrieben, der mit schnellen Axtschwüngen angriff. Die Sumpffratze brachte sich mit einem weiten Sprung außer Reichweite und blickte sich um. Lady kam langsam von links auf das Tier zu, Leo vor sich und ich zog mein Schwert grade aus dem am Boden liegenden Tier. Die Sumpffratze schien sich der Situation bewusst zu werden und ergriff die Flucht. Leo wollte grade hinter dem Tier her setzen, als ein Ruf von mir ihn stoppte. „Leo, lass sie Fliehen. Im Sumpf ist sie uns überlegen".

Die Sumpffratze hatte schon das Wasser erreicht und rannte, so schnell sie konnte. Wir würden sie nicht mehr einholen. Währen Leo ihr böse hinterher starrte, ging ich zu Lady. Sie atmete schwer und hielt sich die Seite. „Leo den Verbandskasten aus dem Boot. Lady hat es erwischt". Das weckte Leo aus seiner Starre. „Klar" rief er und war schon losgerannt. Lady stand da und sah mich an. „Los zeig her Lady". Lady blickte etwas skeptisch drein, hob aber langsam die Hand. Ich ging auf die Knie und schob vorsichtig ihre schwarze Lederrüstung, die mit einer dunklen Substanz beschicht war hoch. Zum Vorschein kamen vier tiefe Schnitte, jeweils gut 7 Zentimeter lang und sie sahen sehr tief aus. Lady zischte und hielt den Atem an. Ich sah das Blut aus den Schnitten laufen und begann mir sorgen zu machen.

Dann klopfte mir jemand auf die Schulter und ich hörte Leo. „Sieht ja übel aus, hier der Verbandskasten". Er stellte ihn neben mir ab und öffnete ihn.

Ich griff mir das Desinfektionsmittel und sah zu Lady. „Das wird jetzt weh tun. Beiß die Zähne zusammen". Leo stellte sich vor sie und hielt Lady fest an den Armen. „Kannst ruhig drücken, wenn es weh tun" meinte er zu Lady in einem sanften Ton, den man ihm nie zutrauen würde. Lady klammerte sich an sein starken Arme und ich sprühte das Mittel auf die Schnitte. Ich hörte, wie Lady erst Luft hervorpresste, dann entrang ihr ein zischen. Während Leo anfing sich, anzuspannen. Ladys griff war wohl stärker, als er gedacht hatte.

Ich hatte die Wunde gesäubert und begann sie mit einem Schaumharz auszusprühen. Dieses Mittel hatten nur wir, es war eine art Sekundenkleber, der auch noch heilende und antibakterielle Wirkung hatte. Ich hatte selber schon einige Wunde damit bei mir geklebt. Aber die Wunden von Lady zu kleben war schon eine Herausforderung. Ihre weiche Warme Haut, die sich mir fast makellose darbot, machte selbst mir weiche Knie. Ich hatte den ersten Schnitt verklebt, es war mir gut gelungen, wie ich fand. Dann machte ich mit dem nächsten weiter, immer so gut wie möglich. Damit nichts zurückblieb, dachte ich nur.

Als ich fertig war, überprüfte ich noch mal die Wunde und deckte sie mit einer sterilen Kompresse ab. Diese war beschichtet, damit sie nicht an der geklebten Wunde hängen blieb. Ich klebte noch die Ränder mit wasserdichten Pflasterstreifen ab und damit war die Wunde versorgt. Lady hielt sich tapfer, sie stand auf wackeligen Beinen, aber sie stand. „Leo bring Lady vorsichtig zum Boot und gib ihr zwei von denen hier mit etwas Wasser". Leo nickte und nahm die Tabletten. Während er Lady zuerst stützte, sie dann aber kurzerhand hochhob, um sie auf seinen starken Armen zum Boot zu tragen. Lady wehrte sich nicht mal gegen die Behandlung von Leo, was mir zeigte, das sie ziemlich erschöpft war.

Ich steckte meinen Arm unter Ladys schultern durch und stützte sie. Ich merkte schnell, das sie nicht alleine zum Boot laufen könnte. Also hob ich sie einfach hoch, sie war schwerer als gedacht. Nur Knochen und Muskeln. Lady sah mich an, sagte aber nicht. Sie wusste auch, wie es um sie bestellt war. Also stampfte ich los und brachte Lady zum Boot. Als es sumpfiger wurde, ging ich langsamer. Ich legte Lady im Boot ab. „Du bleibst schön hier". Ich kramte ein weiteres Magazin heraus und lud die Pistole nach. Dann drückte ich sie Lady in die Hand. Sie sah nicht grade gut aus. Lady aber schien zu verstehen, warum ich ihr die Pistole gab. Sie blickte misstrauisch in den Sumpf. „Geh lieber Blade helfen, ich pass schon auf mich auf". „Erst wenn du die hier nimmst" damit hielt ich ihr die zwei Tabletten hin. Lady schüttelte langsam den Kopf. „Vergiss es, erst wenn ihr auch hier seid. Nicht das ich Müde werde und das letzte Vieh es sich überlegt und zurück kommt". „Na gut, aber schrei einfach, wenn was ist". Lady lächelte nur. Ich ließ sie nur ungern alleine, aber Blade brauchte bestimmt Verstärkung. Wir mussten aufräumen und den Sumpf verlassen.

Ich begann mit der so genannten Drecksarbeit. Ein Begriff, den jeder Hunter kennt. Das Beseitigen der Beweise. Wir können nicht zulassen das diese art Wesen hier einfach liegen bleiben und gefunden werden. Ich zog die Leichen der Sumpffratzen auf einen Haufen zusammen. Leo kam schon bald wieder und packte mit an. „Wir sollten uns beeilen, Lady will die Tabletten erst nehmen, wenn wir mit dem Boot ablegen. Sie meinte nur: Nicht das ich Müde werde und das letzte Vieh es sich überlegt und zurück kommt". Ich lächelte und wir machten weiter. Nach ungefähr 20 Minuten hatten wir die Sumpffratzen zu einem Haufen aufgeschichtet. Ich ging zum Boot, während Leo sich die Behausung der Sumpffratzen ansehen wollte. Auf dem Boden des Bootes saß Lady mit dunklen Ringen unter den Augen und blickte mich an. „Fertig" fragte sie. „Fast" meinte ich, während ich den Ölschlauch griff und zu den Sumpffratzen zurückkehrte. Ich begann die Tiere mit dem Drachenfeuer zu übergießen. Eine Spezialmischung ähnlich dem Griechischem Feuer. Eine art Öl, das heiß wie Napalm brannte. Es würde nichts über lassen. Nichts, was man verwerten könnte.

Leo hatte inzwischen das Lager der Sumpffratzen untersucht. Er sah nicht sehr zufrieden aus. „Warum genau lassen wir diese Mistviecher noch mal am Leben". Ich sah Leo an. „Weil sie Lebewesen unseres Planeten sind und wir nicht bestimmen, was auf ihm lebt und was nicht". Er öffnete die Hand und ich sah einen Schnuller drauf liegen. „Vielleicht sollten wir das aber" meinte Leo traurig. Auch mich ließ das Wissen nicht kalt, aber wir hatten Regeln, an die wir uns zu halten hatten. Da machen persönliche Gefühle oder Ansichten keinen Unterschied. „Nein Leo, fang nicht damit an. Es bringt nichts. Dadurch gewinnt nur wieder etwas anderes die Oberhand. Wenn ein Platz in der Nahrungskette frei wird, stiegt etwas anderes auf. Das weißt du doch selbst". Ich wickelte ein Taschentuch um ein stück Holz und zog mein Feuerzeug aus der Tasche. Dann steckte ich das Taschentuch in brand und warf es auf das Öl.

Es entzündete sich sofort und brannte hell und klar. Der ganze Haufen stand in Sekunden in Flammen und es stieg schwarzer Rauch auf, der erbärmlich stank. Leo und ich machten einige Schritte zurück. Während wir das Feuer betrachteten, hing jeder seinen Gedanken nach. Ja, selbst ich war der Meinung, das einige Tiere ruhig von der Erde verschwinden könnten. Aber niemand wusste, was ihren Platz einnehmen würde. Das machte mir mehr sorgen. Als der Hass auf einige Tiere, die nur ihrer Natur gefolgt sind.

Als das Feuer nach einigen Minuten runter gebrannt war, blieb nichts als ein verkohlter Haufen zurück. Leo und ich stellten sicher, das nichts mehr brannte. Dann gingen wir zum Boot zurück. Lady hielt sich immer noch wach, aber sie brauchte Ruhe, das sahen wir beide. „Lady ruh dich aus, wir schaffen es auch zu zweit zurück. Immerhin können wir jetzt den Motor anwerfen" meinte Leo freudig. Ich musste grinsen, als Lady sagte. „Ich dachte, ihr rudert mich zurück, damit es schön ruhig ist". Leo lachte „Könnten wir, aber das würde richtig lange dauern". Lady rollt mit den Augen und lehnte sich zurück. Leo hielt ihr wieder die Tabletten hin. Lady rollte wieder mit den Augen, aber sie nahm die Tabletten entgegen. Während sie noch unschlüssig auf die Tabellen starrte, reichte ich ihr meine Wasserflasche. „Runter damit Lady, das ist ein Befehl". Lady zuckte zusammen und schluckte die Tabletten, dann spülte sie die Tabletten runter. Ich schmiss den Motor an und steuerte in Richtung des Flussarms. Leo sah sich um und ich hielt den Kurs, den ich mir eingeprägt hatte. Als wir den Fluss erreichten, fuhr ich etwas schneller. Lady war schon nach ein paar

Minuten eingeschlafen. Auch das schnellere Tempo weckte sie nicht auf.

Es wurde langsam dunkel, als wir wieder beim Bootsverleih anlegten. Ich legte wieder am selben Platz an und Leo sprang von Bord. Er schnappt sich die Leine und befestigte sie am Steg. „Gesichert" reif Leo. „Gut, wecken wir Lady oder willst du sie wieder tragen". „Die ist leicht wie eine Feder, ich leg sie einfach ins Auto. Lassen wir sie schlafen". „Als ob ich bei eurem Gebrüll schlafen könnte" murmelte Lady. Sie versuchte aufzustehen, schwankte aber. Ich griff genau so schnell wie Leo zu, um sie zu stützen. „Danke Jungs, ich bin wohl etwas schwach auf den Beinen". Gemeinsam brachten wir Lady zu Auto. Ich schloss auf und Leo setzte sie vorsichtig rein. Dann ging ich zum Bootsverleih und gab die Schlüssel ab. Der Mann am Empfang beäugte mich misstrauisch. „Bin reingefallen, blöder Sumpf". Nuschelte ich und legte den Schlüssel hin. Dann ging ich einfach raus.

Wir fuhren zurück zum Motel und Leo brachte Lady auf ihr Zimmer. Ich duschte ausgiebig und zog mich um. Dann ging ich zum Zimmer von Leo. Ich klopfte und rief „Leo, bist du fertig".

„Klar komm rein". Ich öffnete und sah Leo in seinem Freizeitoutfit. Er sah aus wie ein Student. Ein dicker Wollpullover, dazu eine Cordhose. Die Haare waren zurückgekämmt und mit einem Band zusammen gebunden. Wäre nicht seine Statur und seine Muskeln, würde man ihn vermutlich für einen einfach Urlauber halten. „Ich denke Lady lassen wir schlafen. Sie sah ziemlich mitgenommen aus". „Ja, die Schnitte waren tief. Wenn ich morgen Meldung mache, werde ich vorschlagen, das sie bei einem Arzt vorstellig wird". „Das wird ihr nicht gefallen" meinte Leo mit einem lächeln. „Sie nimmt nicht gerne Hilfe an, oder was meinst du Leo". „Das kannst du laut sagen, ich wollte ihr mit ihrer Rüstung helfen. Aber das wollte sie Partu nicht". Ich zog die Augenbrauen hoch. „Du wolltest ihr aus der Rüstung helfen und lebt's noch". Wieder lachte Leo aus voller Kehle.

„Also der Abend ist noch jung, was machen wir. Ich dachte, wir feiern unseren Sieg?" Fragte Leo scheinheilig. „Naja, das Motel hat eine Bar. Dort könnten wir hingehen". „Eine Bar, das klingt doch verlockend. Gehen wir". Leo stand auf und steuerte die Tür an. Ich folgte und schloss die Tür hinter mir. Dann gingen wir in die Bar.

Es war nicht so schlimm wie erwartet, die Leuchtreklame summte leise, also war die Bar geöffnet. Als wir eintraten, zogen wir etliche Blicke auf uns. Aber niemand schien sich an unserer Anwesenheit zu stören. Ich glaube, Leo Erscheinung reichte aus, die meisten zu überzeugen uns nicht zu behelligen. Leo steuerte wie automatisch die Bar an. Ich hätte mich lieber auf einen Stuhl gesetzt. Also setzen wir uns auf Hocker an der Bar. Die Bardame eilte zu uns und begutachtete mich ausgiebig, bevor sie fragte „Was darfs den sein ihr beiden". Dabei grinste sie verstohlen. „Ich nehme ein großes Bier vom Fass und etwas zu knabbern" sagte Leo freundlich. „Ich kann mich nur anschließen, ein großes Bier vom Fass, bitte". „Geht klar Jungs" mit diesen Worten verschwand sie und schob mit Schwung eine Schale Erdnüsse über den Tresen. Leo war überrascht, aber reagierte blitzschnell. Seine Hand schoss vor und stoppte die Schale mit Erdnüssen. Die Bardame hatte uns aus dem Augenwinkel beobachtet und zog eine Augenbraue hoch. Damit war das Aufnahmeritual wohl beendet. Sie brachte uns die Bier und wir feierten unseren Sieg, ein Tag ohne Verluste war ein guter Tag zum Feiern.

Später am Abend musste Leo noch zweimal Armdrücken, während ich mich mit einem Dart-Spiel ablenkte. Aber die Bardame hatte ihren Laden absolut unter Kontrolle. Keiner machte Krawall, betrunkene brachte sie selber raus oder bestellte ein Taxi. Die Trucker die hier ihren Abend, mit kaltem Bier und leichten Mädchen verbrachten waren alles Stammkunden. Wie mir beim Dart spiel erklärt wurde. Die wussten genau, das sie hier nicht mehr rein kommen, wenn sie Mist bauen. Das Motel lag am Stadtrand und war sehr beliebt, bei den Truckern. Jeder bemühte sich also zu Helfen, falls mal doch jemand aus der Reihe tanzt. Aber es passierte nicht, der Abend wurde feuchtfröhlich und wir feierten bis in die Nacht.

„He Leo, ich mach Feierabend. Morgen müssen wir noch nach Lady schauen. Dann gehts für euch wieder zurück. Ich muss noch einen Besuch machen und dann gehts ins Büro. Papierkram erledigen". „Geht klar, ich mach noch mein Bier leer. Wir sehen uns morgen beim Frühstück" meinte Leo scheinheilig.

Ich wusste, dass er noch blieb, ich kannte die Geschichten seiner Studentenzeit. Aber für mich war es Zeit. Also zahlte ich unsere Zeche und legte ein wirklich großzügiges Trinkgeld drauf. „Vielen Dank und schauen sie ruhig mal wieder rein" meinte die Bardame. „Ich lasse Leo hier, aber keine Sorgen, er ist ganz friedlich". Sie lachte. „Keine Sorgen um den Kerl kümmer ich mich schon". „Oh, der Arme Leo", dachte ich mir. Lächelte aber nur und verließ die Bar.

Der Lagebericht

Nach einer kurzen Nacht erwachte ich und streckte mich erstmal. Die Mission gestern war anstrengend, aber ich war erfreut mal wieder mit Leo und Lady zusammen gearbeitet zu haben. Ich zog mir etwas über und ging laufen. Nach dem Duschen setzte ich mich auf das Bett und griff mir das Handy. „East Coast Insurance" sagte die Stimme am Telefon. Es war Selma. „Guten Morgen Selma, Steven Moore hier. Ich wollte Bericht erstatten". „Hallo Steven, seid ihr unverletzt" brach es aus Selma heraus. „Fast, aber ich fang lieber von vorne an. Wir konnten den Verdacht bestätigen. Sumpffratzen ungefähr fünfundzwanzig Ausgewachsene Tier und vier Jungtiere. vierundzwanzig wurden getötet, die Jungtiere sind entkommen. Lady hat einige tiefe Schnitte auf der rechten Seite. Sie wurde von uns versorgt, aber ich empfehle einen Arztbesuch. Leo geht es gut und mir auch". Ich hörte Selma tief Atmen, dann sagte sie. „Verstanden, ich organisiere euren Rückflug und den Arztbesuch für Lady. Gibt es sonst noch etwas". „Ja, ich werde nochmal zur Siedlung fahren und mit der Frau von Opfer nummer drei Reden. Sie soll zumindest wissen, dass er gerächt wurde, außerdem schreibe ich einen Scheck aus". „Verstanden, Steven". „Also Selma, wir sehen uns wenn ich wieder in der Firma bin". „Alles klar, gut das ihr es überstanden habt. Komm gut nach Hause". „Danke, bis bald". Damit legte ich auf und zog mich an.

Ich reinigte meine Waffe und die Pistole, dann packte ich sie in die Kiste und verschloss diese wieder. Ich packte zusammen und verließ das Zimmer. Als ich mich auf den Weg zum Zimmer von Lady machte, öffnete sich die Tür von Leo´s Zimmer und er blieb in der Tür stehen, als er mich sah. „Na früh auf den Beinen, ich wollte grade zu Lady, kommst du mit. Oder hast du noch Besuch". „Besuch?". „Ja, die Bardame hatte es wohl auf dich abgesehen". „Ach Loise, meinst du. Nein nein, ich bin nicht so einer. Sie war aber wirklich ganz nett. Aber als ich ihr sagte, das ich für eine Insurance arbeiten war sie nicht mehr so Feuer und Flamme". „Ja, eine Insurance kann ganz schön Abkühlen". Dann lachten wir beide und Leo folgte mir zum Zimmer von Lady.

Ich klopfte und sagte. „Catrina, wir sind es Shawn und Steven. Bist du schon wach?". „Einen Moment bitte" erklang es von innen.

Kurz darauf öffnete Lady in einen schwarzen Bademantel die Tür. Ich kannte ja ihren Geschmack und war nicht weiter überrascht. Leo blieb der Mund offen stehen, aber ich trat einfach ein und setzte mich aufs Bett. „Leo mach doch bitte den Mund und die Tür zu" sagte Lady mit leicht gesenkter Stimme. Leo nickte nur und trat ein. „Also Lady, zeig mir die Wunde". Sie sah mich und schüttelte den Kopf. „Die Wunde ist gut versorgt, danke". „Lady, das war keine Bitte, auch wenn es sich so angehört hat" beharrte ich. Lady schien sich zuerst weiter sträuben zu wollen, aber sie sah wohl an meinem Blick, das ich nicht nachgeben würde. Also drehte sie sich zu mir und lüftet den Morgenmantel. Ich sah nackte leicht gebräunte Haut und stahlharte Muskeln. Darunter trug sie einen schwarzen Slip und einen passenden BH. Ich tippte mal auf Seide oder sowas. Da konnte man schon mal auf dumme Ideen kommen, aber wir waren Kollegen.

Ich löste die Kompresse und nahm die Wunde in Augenschein. Drückte vorsichtig auf zwei dunkle stellen. Lady zuckte zusammen und ließ die Luft zischend entweichen. „Gut, du wirst dich heute noch bei einem Arzt einfinden. Mir egal ob du erst in der Nacht zuhause bist. Solltest du nicht vorstellig werden, schicke ich Leo. Der wird dich dann begleiten, die ganze Untersuchung lang". Lady sah zu mir, dann zu Leo, der sie immer noch anstarrte. „Also gut, ich geh zum Arzt. Aber nur auf deine Anweisung hin". Ich stand auf und reichte ihr die Hand. Sie griff zu und ich sagte. „Danke für deine Hilfe Lady. Es tut mir leid, das du verletzt wurdest". „Dafür kannst du nicht, aber wenn du wieder solche Viecher findest, dann hab ich leider keine Zeit". Ich lächelte sie an und ihr lächeln wurde etwas breiter, als ich sagte. „Verstanden, keine Sumpffratzen mehr für Lady". „Ich würde mich jetzt gerne anziehen, wenn du den da mit nehmen könntest, wäre ich dir sehr dankbar" damit zeigte sie mit dem Kopf auf Leo. „Verstanden Lady, wir sehen uns gleich beim Frühstück". Damit öffnete ich die Tür und schob Leo hinaus. Lady schloss die Tür hinter uns.

Draußen erwachte Leo aus seiner Erstarrung. „Man ich hatte völlig vergessen, wie gut sie aussieht". „Sie ist eine Kollegin". Er sah mich irritiert an. „Heißt das du findest sie nicht heiß?". Jetzt war ich es, der grinst. „Ich hab sie schon mal auf Haiti unterstützt. Damals trug sie nur einen Bikini. Das war ein Anblick".

„Bikini" hauchte Leo. „Man hast du ein Glück, Lady im Bikini". „Ach hat man eine gesehen, kennt man alle" meinte ich nüchtern. Aber ich wusste, wie Lady wirkt, sie hatte einfach klasse.

Damals wurde sogar mir ganz warm ums Herz. „Das glaub ich dir nicht, nicht bei Lady. Das ist eine spitzen Klasse Frau". „Denk nicht weiter drüber nach, lass uns Frühstücken". „Kling auch gut". Schon bald erreichten wir, das Cafe und bestellten erstmal etwas zu trinken. Dann warteten wir auf Lady. Die schon kurze zeit später erschien. Wir besprachen den weiteren Tag, während die ersten Infos über unsere Flüge auf den Handy´s eintrafen. Wir brachten unsere Kisten wieder ins Lager und ich setzte die beiden beim Flughafen ab.

„Also, dann macht es mal gut. Bis zur nächsten Mission" sagte ich, als die beiden Ausstiegen. „Klar Blade, wenn du wieder Hilfe brauchst sag einfach bescheid" erklärte Leo mit einem Grinsen. Lady rollte mit den Augen. „Bis bald Blade, ich hoffe das wir mal wieder zusammen Arbeiten". „Danke und Lady vergeß den Arztbesuch nicht. Die Viecher haben nicht grade saubere Krallen". Lady nickte und verschwand mit Leo im Flughafen. Dann fuhr ich wieder in die Siedlung zur Frau von Tom Lakeside. Ich hielt vor ihrem Haus und ging direkt zur Tür. Nachdem ich geklopft hatte, wartete ich einige Zeit, dann wurde die Tür geöffnet. „Misses Lakeside, Steven Moore nochmal". „Ach der Mann von der Insurance, bitte kommen sie rein. Wollen sie noch ein paar Fragen stellen oder etwas anderes" Meinte sie sarkastisch, während sie auf den Stuhl am kleinen Küchentisch zeigte. Ich steuerte auf den Stuhl zu und sagte beschwichtigend. „Nein, ich habe meine Untersuchungen abgeschlossen. Mein herzlichstes Beileid zu ihrem Verlust. Wir sind nach eingehender Untersuchung zu dem Entschluss gekommen das ihr Mann, Tom Lakeside leider verstorben ist". Sie seufzte und versuchte, sich wieder in den Griff zu kriegen. Ich öffnete währenddessen meinen Aktenkoffer und entnahm der Akte ihres Mannes einen Briefumschlag. Dann breitete ich eine Empfangsbestätigung aus und hielt ihr einen Kugelschreiber hin. „Würden sie hier unten unterschreiben bitte". Sie sah sich das Papier an und unterschrieb, ohne zu zögern. „Danke Misses Lakeside, hier ist der Scheck. Ich weiß das Geld, sie nicht trösten wird. Aber vielleicht kann man damit einiges Bezahlen. Ich werde mich jetzt zurückziehen". Damit ging ich langsamen Schrittes zur Tür und öffnete sie. „Entschuldigung" hörte ich leise aus dem Raum.

Ich verließ das Haus und war froh über die Luft, auch wenn sie stickig und warm war. Ich musste viele Rollen spielen und einige waren halt unangenehmer als andere. Aber als Hunter braucht man eben jede Information, die man bekommen kann um das Rätzel zu lösen. Ich stieg ein und startete den Motor. Es ging Richtung Flughafen und dann dem nächsten Auftrag entgegen.